Marlene Klaus

Gloria und die Liebenden von Verona

Gloria

und die Liebenden von Verona

Ein
viktorianischer Krimi
von
Marlene Klaus

DRYAS

Das für dieses Buch eingesetzte Papier ist ein Produkt
aus nachhaltiger Forstwirtschaft.

2. Auflage 2021

Herausgeber: Dryas Verlag, Frankfurt am Main,
gegr. in Mannheim.

Herstellung: Dryas Verlag, Frankfurt am Main
Lektorat: Andreas Barth, Oldenburg
Korrektorat: Birgit Rentz, Itzehoe
Umschlaggestaltung: © Guter Punkt, München (www.guter-punkt.de)
Umschlagmotiv: © Sabine Dunst, Guter Punkt, unter Verwendung von Motiven von shutterstock
Graphiken: Zitronen (Lemons Pattern) © Marina Grau - Fotolia.com / Duellpistolen (Evolution of Firearms - Crossed Silhouettes) © Reno Martin - Fotolia.com / Ponte Pietra (Verona) © scimmery1 - Fotolia.com
Satz: Dryas Verlag, Frankfurt am Main
Gesetzt aus der Palatino Linotype

Bibliografische Information der Deutschen Bibliothek:
Die Deutsche Bibliothek verzeichnet diese Publikation in der Deutschen Nationalbibliografie, detaillierte bibliografische Daten sind im Internet über http://dnb.ddb.de abrufbar

ISBN 978-3-940855-58-9
www.dryas.de

Für
Sandra Thoms und Kathrin Lange,
weil es Gloria ohne euch gar nicht gäbe

Kapitel 1

Die Straße war schlecht wie alle Straßen, die sie seit ihrer Abreise aus England vor zwei Monaten befahren hatten. Die italienischen machten da keine Ausnahme, nein, weiß Gott nicht.

„Ach herrje!“, rief Tante Jo, die neben Gloria in der Postkutsche saß, als sie durch ein weiteres Schlagloch rumpelten und sie auf ihrem Sitz durchgerüttelt wurde.

Der dicke Kaufmann Fromm – „Ignaz Fromm aus Wien Gewürze, Weine, Seide“, wie er sich ihnen vorgestellt hatte –, ihr zufälliger Reisegefährte seit dem Brennerpass, setzte ein aufmunterndes (wenn auch gequältes) Lächeln auf. „Wir sind bald in Verona, verehrte Gnädigste“, suchte er Glorias Großtante zu beruhigen. „Bald haben Sie es überstanden. Und der malerische Anblick der alten römischen Stadt, wie sie da romantisch zwischen grünen Weinhügeln liegt, wird Sie für die Beschwernisse entschädigen, das versichere ich Ihnen.“ Er schaute Gloria an. „Adieesch!“, rief er bühnengerecht erhaben und hob einen Arm. „So heißt der Fluss Etsch, der sich um das Städtchen schmiegt, auf Italienisch.“

Als ob sie das nicht wüsste! Aber sie schenkte ihm ein höfliches Lächeln, das ihm zeigen sollte, dass sie seine Informationen, die er verstreute wie Gewürzprisen, seit sie die Südtiroler Berge hinter sich gelassen hatten, geneigt zur Kenntnis nahm.

Sie sprach natürlich ein passables Italienisch, wenn sie auch kaum das Kauderwelsch der örtlichen Dialekte verstand. Und außerdem hatte sie ihren Baedeker dabei.

„Ah, Italien!“, seufzte Kaufmann Fromm und schaute aus dem Fenster. Nicht ohne natürlich sein mit aufgeblähten Wangen geplustertes „Bab-bala-ba-bap“ hintanzusetzen, was umso lustiger war, als sich sein grauer Backenbart dabei bewegte wie ein eigenständiges Wesen.

Gloria spürte Tante Jos Blick auf sich und wandte sich ihr schmunzelnd zu. Sie hätte auch ohne hinzusehen gewusst, wie Tante Jo hinter ihrem Fächer dreinsah. Und genau so sah sie drein. Der gute Ton gebot Freundlichkeit gegen den mitreisenden Herrn, doch sein Weltmann-Gebaren wie aus dem Buche war ihr gehörig lästig. Kaum dass sie zum Beispiel ihren Fächer hervorgeholt hatte, hatte er ihr geschwätzig erklärt, dieses überaus nützliche Utensil nenne man in Wien „Waderl“, das leite sich von „wehen“ her – und er hatte sowohl Tante Jo als auch sie in einer geradezu impertinenten Weise genötigt, das Wort wieder und wieder nachzusprechen, um es ihnen beizubringen, woran sie kein Interesse hatten, er aber ein nachgerade einfältiges Vergnügen fand.

„Wie schade, dass die beiden Fräulein von Stetten uns bereits in Trient verließen“, sagte Tante Jo leise und mit aufrichtigem Bedauern, während sie sich Luft zufächelte. Das ältliche Geschwisterpaar aus Deutschland hatte sich bestens mit Tante Jo verstanden, die Postkutsche aber leider ebenso verlassen wie ein weiterer Herr, sodass sie seither die ungeteilte Aufmerksamkeit Kaufmann Fromms genossen, die sich zuvor wenigstens noch auf die anderen Mitreisenden verteilt hatte.

„Selbst dieser Unausstehliche von der Poststation in Trient käme mir jetzt gelegen, um den Kaufmann von uns abzulenken“, flüsterte Tante Jo nah an Glorias Ohr und verborgen hinter dem Fächer, damit der Handelsherr es nicht hörte.

„Erinnere mich bloß nicht an den!“, zischte Gloria. „Lord Alexander Lyndon, Viscount Loughborough! Blasiert, besserwisserisch und durch und durch eigennützig! Wie unverschämt von ihm, uns nicht das bessere Zimmer zu überlassen! Kein Kavalier, wahrlich nicht!“

„Sprachen Sie von dem Viscount, dem wir in Trients Poststation begegneten?“, wandte sich der Österreicher ihnen wieder zu. „Ein ignoranter Mensch, wollte mir scheinen.“

Gloria rollte innerlich die Augen. Ignorant war gar kein Ausdruck! Arrogant und rechthaberisch, wenn auch von tadellosem Äußeren. Von tadellosem Aussehen sogar, wenn man ehrlich war (trotz der kleinen ovalen Narbe oberhalb des rechten Wangenknochens nah beim Auge), doch es bestätigte einmal mehr, dass man sich danach keinesfalls richten durfte. Sein Charakter entsprach seinem angenehmen Äußeren keinesfalls. Es stimmte sie verdrießlich, dass sie an ihn erinnert wurde, es stimmte sie verdrießlich, dass der Kaufmann dieses Thema auch noch aufgreifen zu wollen schien. Und so erwiderte sie mit süßlichem Unterton: „Nun ja, seine Reisebekanntschaften kann man sich nicht aussuchen, nicht wahr?“ Sie setzte ein Lächeln auf, das, wie sie hoffte, der Zweideutigkeit ihrer Aussage die Spitze nahm. Lieber Himmel, sie wünschte, sie wären schon in Verona, damit sie diesen lästigen Reisegefährten endlich los wären.

Aber ihr Bitten wurde nicht erhört, nein, ganz im Gegenteil, denn die Kutsche schlingerte plötzlich, man hörte den Postillion auf seinem Kutschbock fluchen, Geschrei erhob sich, die Pferde wieherten, und mit einem plötzlichen Ruck, der sie und Tante Jo fast auf die Knie des Kaufmanns schleuderte, wurde gehalten.

„Was ist da los?!", echauffierte sich der Österreicher und beugte sich aus dem Fenster.

Gloria sah ebenfalls hinaus.

Bei den Pferden stand eine junge Italienerin und schrie und gestikulierte zum Postillion hinauf. Das Gesicht der jungen Frau war tränenüberströmt, ihre Haare aufgelöst, ihr hübsches helles Sommerkleid schmutzig.

Glorias Herz klopfte aufgeregt und sie überlegte, ob es sich wohl um eine jener Listen handelte, von denen man hörte und las: Räuberbanden schickten ein vermeintliches Opfer vor, brachten die Kutschen zum Stehen und die Insassen in Verwirrung, und hatten so leichtes Spiel, sie auszurauben.

Sie spähte nach links und rechts, aber als keine wilden Horden auftauchten, stieg sie aus.

„Kind!", entfuhr es Tante Jo entsetzt und der Kaufmann rief bestürzt: „Mailäidi!"

Die junge Frau – einige Jahre jünger als Gloria, Anfang zwanzig etwa – reckte noch immer die Arme zum Postillion und wehklagte. Gloria verstand kein Wort ihres Geschreis.

„Um was geht es?", wollte Tante Jo hinter ihr in der Kutsche wissen.

„Ihrem Gebaren nach scheint etwas Schlimmes geschehen zu sein. Sie ringt die Hände, ruft Namen.

Luigi und Giulio oder so“, erwiderte Gloria über die Schulter und bemerkte dabei, dass der Kaufmann nun ebenfalls ausstieg.

Langsam ging sie auf die Weinende zu, eine hübsche junge Frau von jener zierlichen italienischen Art, die Engländerinnen wie sie sich plump vorkommen ließ, obwohl dazu nun wahrlich kein Grund bestand, denn auch sie hatte eine schlanke Figur und schöne braune Augen mit einem Kranz dichter Wimpern. Das Mädchen sah sie, eilte auf sie zu und griff nach ihren Händen. Gloria zuckte leicht zurück und schämte sich sofort dafür, denn die tränennassen Augen der jungen Frau blickten sie flehentlich an, und mit eindrücklicher Inbrunst in der Stimme sagte sie: „Signora!“ Sie ließ eine Hand los und deutete mit dem ausgestreckten Arm in den Weinhügel seitlich der Straße, hinter dem sich blaugrün ein lichtes Wäldchen erstreckte. „Mi aiuti! Signora Inglese? Mi aiuti!“

Der Postkutscher befestigte fluchend die Zügel und stieg ab.

„Was mag dem armen Geschöpf nur geschehen sein?“, fragte der Kaufmann, der herangetreten war, irritiert.

Tante Jo beugte sich aus dem Wagenfenster. Gloria warf ihr einen fragenden Blick zu. „Sie bittet mich um Hilfe“, erklärte sie.

„Mi aiuti!“, bestätigte die Italienerin, fasste erneut Glorias Hände und versuchte, sie mit sich fortzuziehen. „Signora Inglese, venga!“, drängte sie verzweifelt.

„Sollte mich nicht wundern, wenn dieser Zwischenfall unsere Weiterfahrt verzögert“, stellte Tante Jo trocken fest.

Gloria war erschüttert vom Verhalten der jungen Frau und wusste nicht, was sie tun sollte. Der Postillion trat heran und kauderwelschte laut auf das Mädchen ein. Kaufmann Fromm tupfte sich mit einem Taschentuch die gerötete Stirn und Tante Jo trat nun ebenfalls auf die Straße und stellte sich neben Gloria.

Pferdegetrappel meldete das Nahen eines weiteren Gefährts. Alle drehten sich um und sahen nach hinten auf die Straße. Ihre Postkutsche versperrte den Weg.

Eine Kalesche nahte.

„Oh nein!", stöhnte Gloria leise, als der junge Kutscher das Pferd zügelte, anhielt und ein Mann in den besten Jahren und im ausgesucht kostbaren Reiserock, der ihm, wie sie einräumen musste, vorteilhaft zu Gesicht stand, schwungvoll ausstieg. Wahrlich, ein Unglück kam selten allein. Von allen Geschöpfen auf Gottes großer Erde musste ausgerechnet er erneut ihren Weg kreuzen – mit einem Lächeln, das ausdrückte, dass mit seinem Kommen Rettung nahte.

„Alexander Lyndon, Viscount Loughborough. Kann ich behilflich sein?"

Kapitel 2

„Alles, was man ihrem Gestotter entnehmen kann, ist, dass sie Francesca heißt und es einen tödlichen Unfall gegeben haben muss", erklärte Lord Lyndon.

So viel hatte Gloria bereits selbst herausgehört.

„Im Übrigen", lächelte er vornehm und wandte sich an Gloria, „ist es mir ein Vergnügen, Sie wiederzusehen." Er machte eine Verbeugung. „Sie mögen sich erinnern, dass wir uns bereits in Trient begegneten."

„Natürlich", erwiderte Gloria kühl und wandte sich mit einem knappen Lächeln ab und der noch immer weinenden Francesca zu.

„Ich sage ihr, wir fahren nach Verona, holen Polizei", erklärte der Postillion in gebrochenem Englisch. „Sie will nicht. Aber wir müssen weiter." Ungehalten nahm er seine Mütze ab und kratzte sich am Kopf.

„Guter Mann", antwortete Lord Lyndon gewichtig, „Sie sehen doch, dass das Mädchen für Vernunft nicht zugänglich ist." Er schenkte der jungen Frau ein Lächeln, das er wohl für aufmunternd hielt und ihr zeigen sollte, dass er sich ihrer Sache annehmen und alles zum Besten verrichten würde, doch Gloria kannte diese Art Lächeln zur Genüge. Ein Männerlächeln voller Selbstgefälligkeit, steif und herablassend. Das erkannte wohl auch Francesca, kopfschüttelnd wich sie zurück, ließ dabei Glorias Ärmel nicht los und zog sie mit sich.

„Mi lasci!", rief sie mit Blick auf den Viscount. Und etwas verzweifelter, indem sie sich mit beiden Händen an Gloria klammerte: „Signora, venga!"

„Aber gutes Kind!", lachte Lord Lyndon ungläubig auf. „Wie soll Ihnen eine englische Lady helfen?" Er wandte sich an den Postillion und bestimmte: „Sie fahren Ihre Route zu Ende, *mit* den Damen. Dieser ehrwürdige Herr – ein Kaufmann, wenn ich mich recht erinnere? – und ich werden ihr folgen und nach dem Rechten sehen."

Kaufmann Fromm starrte ihn entsetzt an. „Mit Verlaub, verehrter Viscount, dringliche Geschäfte ..."

„Papperlapapp!", unterbrach ihn Lord Lyndon und wischte den Einwand des Österreichers mit einer Handbewegung zur Seite. „Ich biete Ihnen anschließend die Mitfahrt in meiner Kalesche. Kommen Sie." Er gab seinem Kutscher mit einem Armschlenker Anweisung, den leichten vierrädrigen Einspänner an den Straßenrand zu lenken, fasste Francesca wohlwollend an den Ellbogen und bedeutete ihr, ihn zu führen.

„Signora!", stieß Francesca hervor, indem sie sich Gloria zuwandte, und schüttelte seine Hand ab.

Irritiert starrte Lord Lyndon sie an. Wäre die Lage nicht so dramatisch gewesen, hätte sich Gloria vielleicht ein spöttisches Schmunzeln gestattet, denn der verdutzte Blick Lord Lyndons machte mehr als deutlich, dass ein Wesen, das nicht auf ihn hören wollte, ja, sich ihm nachgerade widersetzte, in seiner Welt nicht vorkam. Aber die Lage *war* dramatisch und Gloria begriff nicht nur, dass Francesca weiblichen Beistand suchte, sondern dass es sich bei deren Gezeter um keine jener lauten und gestenreichen Übertreibungen handelte, wie sie vielen Italienern eigen war. Hinter ihrer Verzweiflung steckte tödlicher Ernst. Denn Francesca machte Gloria im Verborgenen eine Geste, sie streckte den Zeigefinger aus, spreizte den Daumen hochkant ab und deutete damit einen Pistolenschuss an. „Duello", flüsterte sie und „un cadavere" und „fidanzato scomparso", und Gloria spürte das Blut aus ihren Wangen weichen. Wie ein Anprall kam die Erinnerung. Für einen Augenblick wusste sie nicht, ob nicht sie es war, die sich an Francesca festklammerte, als diese sie mit sich fortzog, während Gloria benommen hinterherstolperte.

„Gloria!", rief Tante Jo, und Gloria drehte sich zu ihr um. Die Tante hatte den Kaufmann stehen lassen und lief ihr nach.

„Venga, venga!", rief Francesca und zerrte an Glorias Ärmel.

„Mein Kind, du wirst ihr doch nicht folgen wollen!", rief Tante Jo entsetzt. „Überlasse diese Sache den Herren."

„Ich muss!", entgegnete Gloria. Sie fasste beruhigend nach Francescas Hand, bedeutete ihr, sich einen Augenblick zu gedulden, und wandte sich ihrer Großtante zu. „Hier geht es nicht um einen Unfall, Tante Jo." Sie hörte, wie gepresst diese Worte aus ihr hervorkamen, Worte, die sie schon einmal ausgesprochen hatte, vor nicht allzu langer Zeit. Sie sah die Tante eindringlich an. „Ein Duell, ein Toter ... und ihr Verlobter ist verschwunden."

„Gott behüte, Kind!", rief Tante Jo verstehend und fasste Glorias Hände. „Da solltest du erst recht nicht mit ihr gehen!"

„Natürlich sollte sie das nicht!", befand Lord Lyndon, der zusammen mit dem Kaufmann zu ihnen trat und wohl gehört hatte, was sie gesagt hatte. „Auch wenn ein Toter nach einem Zweikampf samt verschwundenem Geliebten sich für Damenohren romantisch nach Romeo und Julia anhört", ergänzte er mit süffisantem Lächeln.

Gloria bedachte ihn mit einem eisigen Blick und zu ihrer Überraschung erstarb das überhebliche Lächeln.

Wortlos drehte sie sich um und folgte Francesca.

Francesca stand zitternd neben Gloria am Rand einer Lichtung und deutete hinüber zu einem Leblosen im Gras. „Luigi", sagte sie tonlos.

Lord Lyndon setzte sich in Bewegung und erklärte selbstgefällig über die Schulter: „Hier kann es sich keinesfalls um ein Duell handeln! Wo sind die Sekundanten, der Arzt?"

Gloria hob ihre Röcke, warf einen Blick auf Kaufmann Fromm, der zögerlich stehen blieb, und folgte mit klopfendem Herzen und Schweißperlchen auf der Oberlippe Lord Lyndon durch knöchelhohe Gräser.

„Bleiben Sie zurück, Madam. Das ist nichts für Damen", rief er prompt.

Nein, war es vermutlich nicht. Und doch kauerten seit mehr als tausend Jahren Mütter, Schwestern und Ehefrauen wehklagend vor Schmerz bei verwundeten oder getöteten Söhnen, Brüdern und Ehemännern. Oder eine Lady, zerrissen von Herzeleid, neben ihrem ermordeten Geliebten. Was wusste er schon?!

„Ich sagte doch, Sie sollen zurückbleiben, Madam. Ersparen Sie sich den Anblick", wiederholte Lord Lyndon und hob abwehrend den Arm, um sie am Nähertreten zu hindern.

Gewiss, er tat nur seine Pflicht als Gentleman, dennoch reizte seine Art sie bis aufs Blut, und so legte sie absichtlich eine deutliche Kühle in ihre Stimme, als sie erwiderte: „Ich weiß zu schätzen, dass Sie um mein Wohlergehen besorgt sind, Lord Lyndon, doch seien Sie versichert, dass ..." Beim Anblick des Leblosen stockte sie und legte unwillkürlich die Hand auf den Busen.

Dunkle Locken, schwarze Hose, ein weißes Hemd, halb offen, auf Herzhöhe blutgetränkt und zerfetzt. Sie starrte darauf, und unversehens entstand vor ihrem geistigen Auge das Bild jenes anderen Körpers, der tot und verrenkt dalag mit einer Kugel in der Brust ...

„Dass was? Sie die Courage eines Mannes besitzen und ..." Er hatte dem Toten die Augen geschlossen, erhob sich nun und drehte sich zu ihr um, unterbrach sich aber, als er ihren Gesichtsausdruck sah. „Nein, tun Sie nicht. Es geht Ihnen nahe, natürlich, ich wusste es. Aber Sie mussten ja unbedingt mitkommen!"

Gloria schloss kurz die Augen, sammelte sich. Keinesfalls sollte er ihre Schwäche sehen. Sie straffte die Schultern, blickte ihn an und sagte: „Es geht mir gut, Lord Lyndon, vielen Dank." Und sie zwang sich, noch einmal zur Leiche hinzusehen. Es war ein hübscher junger Mann, der da tot auf der Erde lag. Rechts von ihm, keine Armlänge von seinem Körper entfernt, lag die Pistole. Lord Lyndon hatte sie ebenfalls bemerkt. Er kam um den Leichnam herum, nahm sie an sich und roch daran.

„Eine schöne Waffe", sagte er. „Eine alte Duellpistole. Eindeutig wurde aus ihr geschossen."

Gloria streckte die Hand aus, wie von selbst strich ihr behandschuhter Finger über die Mündung, sie starrte auf den kreisrunden, mittelgrauen Schmauchring, den die Berührung auf ihrem hellen Sommerhandschuh hinterlassen hatte, starrte auf das dunkle, gemaserte Holz der Pistole, das mit tief geschnitzten Ranken und Blattwerk verziert war, und schwankte. Ein Jahr war es her, dass sie eine ähnliche Waffe zum ersten Mal aus der Nähe gesehen hatte. Nahezu ebenso kostbar gefertigt und doch für einen grausamen Zweck bestimmt.

„Bitte gestatten Sie“, sagte Lord Lyndon, nachdem er ihr einen Blick zugeworfen hatte, und nahm fürsorglich Glorias Arm. Er deutete auf Francesca und Kaufmann Fromm und sie ließ sich zu ihnen führen.

Dort angekommen, befragte der Viscount Francesca nach den genaueren Umständen. Francesca gab sich Mühe, sprach ein langsames und einfaches Italienisch und sie erfuhren das Folgende: Luigi, der dort tot im Grase lag, und Francescas Verlobter Giulio hatten zusammen mit ihren Kameraden ein übliches Gelage abgehalten. Nach den Worten eines Freundes, der Francesca die Nachricht heute Morgen überbracht hatte, war es zwischen Luigi und Giulio später wohl zu Frotzeleien gekommen. Nur Spaß, wie meist in solcher Stimmung, erst recht, als diese Duellpistolen ins Spiel kamen. Die Nacht war vorangeschritten, wer nicht ging, war eingeschlafen. Aber als man am Morgen erwacht sei und Luigi und Giulio samt Pistolen fort waren ... sie habe nicht abgewartet, bis der Freund zu Ende gesprochen hatte, sondern sei sogleich losgerannt zum altbekannten Duellplatz vor der Stadt. Als sie ankam, fand sie Luigi tot, Giulio war nirgends zu sehen. Aber sie hatte eine Blutspur bemerkt, die auf den Wald zulief, und nun bangte sie um das Leben ihres sicherlich schwer verwundeten Verlobten.

„Diese hitzköpfigen Italiener“, schnaubte der Viscount, und Gloria, die während Francescas Bericht Zeit gehabt hatte, sich zu sammeln, sagte: „Eine Blutspur?“

Der Kaufmann schaute fragend drein, Lord Lyndon sah sie verdutzt an.

Ohne ihm weiter Beachtung zu schenken, drehte Gloria sich um und ging noch einmal zurück zur Lichtung.

„Grundgütiger Himmel, so warten Sie doch!“, hörte sie den Viscount rufen. „Wir sollten nach Verona aufbrechen und die Polizei verständigen.“

Gloria achtete nicht auf ihn. In einiger Entfernung vor ihr lag der Tote, sie hielt sich rechts von ihm, dort, wohin seine Füße zeigten, denn von da musste der Schuss ja gekommen sein. Sie senkte den Blick und suchte nach der Blutspur.

„Was erhoffen Sie sich davon?“, hörte sie Lord Lyndon hinter sich ungehalten fragen. „Wollen Sie etwa die Arbeit der Polizei erledigen? Gott behüte, wenn Frauen nun auch noch meinen, Polizisten sein zu wollen!“

Der Groll auf diesen aufgeblasenen Menschen brach sich Bahn. Gloria blieb abrupt stehen und drehte sich zu ihm um, sodass er fast in sie hineinlief. „Das will ich keineswegs“, fauchte sie, obwohl sie wusste, dass es unschicklich war, sich derart gehen zu lassen. Contenance!, mahnte sie sich. Sie schaffte es, zu ihrem sachlich-kühlen Ton zurückzufinden, als sie fortfuhr: „Ich denke lediglich, wir sollten imstande sein, der Polizei so genaue Angaben wie möglich zu machen.“ Damit drehte sie sich um und ging weiter.

„Ich verstehe ja Ihre Hilfsbereitschaft, doch bitte ich Sie, nicht derart eigenwillig zu sein.“

„Eigenwillig?“ Wieder hielt sie inne und sah ihn an. „Da irren Sie sich, Lord Lyndon. Ich benutze lediglich meinen gesunden Menschenverstand.“

„Meine liebe gnädigste ...“

„Und ich bin sicher, Sie sind ebenfalls der Ansicht, dass es besser ist, sich nicht länger mit Debatten aufzuhalten, sondern einer Spur zu folgen, die womöglich zu einem Verletzten führt, der unserer Hilfe bedarf." Sie nickte knapp und ließ ihn erneut einfach stehen.

Nach kurzem Zögern kam er ihr nach und streifte suchenden Blicks in wenigen Schritten Entfernung zu ihr durchs Gras.

„Hier!", hörte sie ihn rufen und sie drehte den Kopf in seine Richtung. Er hielt eine Weinflasche in die Höhe. „Zwei Tropfen sind noch darin, drei allerhöchstens", ergänzte er. Und nach einigen weiteren Schritten rief er: „Und hier ist Blut zu erkennen!"

Rasch eilte sie zu ihm und starrte wie er auf das niedergedrückte Gras, auf die Blutspritzer an Halmen und auf zertretenen Schlüsselblumenblüten. Nicht sehr viel Blut. Er konnte also nicht sehr schwer verwundet sein. Es sei denn, es gab noch mehr. Suchend tat sie einige Schritte, sah zum Waldrand hinüber. Sicher war er dorthin geflüchtet. Sie raffte die Röcke und stiefelte los.

„Aber verehrte Lady, was haben Sie nun schon wieder vor?", rief Lord Lyndon, folgte ihr jedoch.

Insgeheim war sie erleichtert, dass er dies tat, denn sie wusste nicht, was sie tun sollte, wenn dort im Gesträuch wirklich Francescas Verlobter lag.

„Ich halte mich rechts, wollen Sie links gehen – bitte?", fragte sie ihn.

Lord Lyndon nickte knapp und wandte sich nach links.

Gloria spähte in den Wald, lugte unter Gebüsch, streifte Äste zurück und rief leise: „Signore? Signore?" Aber niemand antwortete.

Sie wagte nicht, tiefer in den Wald einzudringen, ganz

davon abgesehen war sie mit ihrem leichten Reisekleid und den Sommerstiefeletten dafür auch nicht passend gekleidet. Nein, es war besser, zu den anderen zurückzukehren. Sie hatte ihr Bestes getan. Hätte sich der Verletzte noch bis zum Waldrand geschleppt, hätte sie ihn finden können. Aber so – man überließ den Rest nun wirklich besser der Polizei.

Sie eilte zurück auf die Lichtung und hielt Ausschau nach Lord Lyndon. Er war nirgends zu sehen. Er musste tiefer in den Wald vorgedrungen sein als sie. Guter Gott, ob er ihn gefunden hatte? Aber dann würde er doch sicher rufen? Nein, würde er nicht, dachte sie, während sie zu der Stelle eilte, an der sie ihn zuletzt gesehen hatte. „Lord Lyndon?", rief sie. Und noch einmal: „Lord Lyndon? Haben Sie etwas gefunden?"

Keine Antwort.

Sie spürte ihr Herz klopfen. Beklommen wartete sie, drehte den Kopf und sah zurück zu den beiden, die sie auf der anderen Seite der Lichtung zurückgelassen hatten. Der Kaufmann mahnte winkend, zu ihnen zurückzukommen.

Das Geräusch knackenden Geästs ließ sie zusammenzucken und herumfahren. Sie hörte sich erleichtert ausatmen, als sie Lord Lyndon auf sich zukommen sah.

Er hob im Näherkommen beide Arme, in jeder Hand eine Pistole haltend.

„Sie haben die zweite Waffe gefunden!", rief Gloria. „Und Giulio?"

„Nichts", antwortete er und fügte an: „Auch aus dieser Pistole wurde geschossen."

Das Durchstreifen des Forsts hatte sowohl auf seiner Hose als auch auf seinem leichten braunen Sommerrock Spuren hinterlassen; ein heller Flaum Blütenstaub haftete am Hosenbein, grünliche Streifen von Baumrinde an Ärmel und Seite.

„Nun, ich ... auch nicht“, erwiderte sie. „Gehen wir zurück. Wir sollten Francesca fragen, wohin der Wald führt. Ob sie eine Ahnung hat, wohin ihr Verlobter geflüchtet sein könnte.“

„Sie werden sich ja nicht davon abbringen lassen, das zu tun, obwohl ich beim besten Willen nicht sehen kann, weshalb Sie das interessieren sollte. Sie wird es der Polizei sagen, damit genug.“

Da Gloria ohnehin nicht wusste, was sie darauf erwidern sollte, blieb sie stumm. Sie wusste – wie nur eine Frau wissen konnte –, dass diese Sache und Francescas Schicksal sie tief im Innern berührten. Aber das ging diesen Menschen nicht das Geringste an.

Mit eiligen Schritten überquerten sie die Lichtung. Francesca sah ihnen erwartungsvoll entgegen, Angst und Sorge im Blick über das, was sie im Wald vorgefunden haben mochten.

„Niente“, sagte Gloria und schüttelte bedauernd den Kopf, als sie bei ihr und dem Kaufmann anlangten. „Nur die Pistolen.“

„Wir sollten uns sputen und zurückkehren“, ereiferte sich Herr Fromm. „Je eher wir der Polizei Meldung machen, desto besser. Außerdem ist die Postkutsche durch diesen bedauerlichen Zwischenfall arg in Verzug.“ Er deutete mit dem Arm vor sich und sagte: „Bitte, meine Gnädigste.“

„Und der Tote?“, entfuhr es Gloria entsetzt. „Wir können ihn doch nicht einfach dort liegen lassen!“

„Nun, natürlich können wir das nicht“, gab Lord Lyndon ihr recht. „Mein Kutscher und der Postillion sollen ihn bergen.“

„Bei allem Respekt“, erwiderte Gloria junger Kutscher wiegt nicht mehr als ein und im Übrigen wäre es unnützer Zeitau und den Postillion zu holen, mit ihnen zurü um den Ort zu zeigen, wo der Unglückseli dann erneut mit diesem den Weg zu den Kutschen zu gehen.“

Francesca wehklagte etwas auf Italienisch, Kaufmann Fromm ließ seinen Backenbart hüpfen, indem er „Ba-ba-la-ba-bap“ machte, und der Viscount bedachte Gloria mit einem tadelnden Blick.

„Eigenwillig, ich sagte es ja.“

„Noch immer gesunder Menschenverstand, Lord Lyndon. Natürlich ist mir klar, dass es unter Ihrer Würde ist, aber unter den gegebenen Umständen doch wohl das Beste. Wenn Sie es wünschen –“, und hier erschrak sie doch über ihre eigene Kühnheit, aber der Mann reizte sie einfach zu sehr, „werde ich selbst ebenfalls behilflich sein.“

„Den Teufel werden Sie tun! Sie gehen zurück und geben dem Postillion Bescheid. Hier, die nehmen Sie mit.“ Er reichte ihr beide Pistolen. „Kommen Sie, Herr Kaufmann!“

„Fromm, der Name, verehrter Viscount, Ignaz Fromm aus Wien, Gewürze, Weine ...“

„Jaja, schon gut, kommen Sie!“

Kapitel 3

Während des gesamten Rückwegs zur Kutsche tröstete Gloria die weinende Francesca so gut es ging, das gebot die Menschlichkeit. Die junge Frau war völlig verzweifelt – verständlicherweise. Entweder war ihr Verlobter bei dem Zweikampf verwundet worden und lag nun sterbend oder bereits tot im Wald – oder er würde wegen Mordes ins Gefängnis kommen, da er Luigi getötet hatte.

Gloria verstand nun, warum Francesca in ihrer Not einfach auf die Straße gerannt war und die erstbesten Leute um Hilfe angefleht hatte. Der Anblick des Leichnams musste sie ebenso entsetzt haben wie sie selbst, außerdem bangte sie um ihren Geliebten, etwas, das Gloria ihr erst recht nachempfinden konnte.

„Madonna mia!“, rief Francesca erneut unglücklich. „Non so, che fare! Signora Inglese, che fare?“

Nun, das wusste Gloria auch nicht. Sie würden Francesca und den bedauernswerten Luigi in Verona absetzen und die Dinge würden ihren Lauf nehmen. Mehr als ihr Trost zu spenden, so gut es ging, konnte sie tatsächlich nicht tun.

Sie erreichten die Straße. Der Postillion hatte die Postkutsche an den Straßenrand gefahren, augenblicklich suchte eine größere Kutsche die enge Stelle zu passieren, begleitet vom lauten Geschrei und dem Fluchen des Kutschers und des Postillions.

Gloria führte Francesca ans Fenster ihres Gefährts, um Tante Jo wissen zu lassen, dass sie zurück waren.

„Liebes, um Himmels willen, da bist du ja!", rief diese und ergänzte, als sie die beiden Pistolen in Glorias Händen bemerkte: „Ach herrje, habt ihr diese entsetzlichen Waffen etwa dort im Wald gefunden?"

Gloria nickte.

„Und Lord Lyndon?", fragte Tante Jo, während sie die Kutschentür öffnete, damit Gloria die Pistolen auf dem Sitz ablegen konnte.

„Er und der Kaufmann bergen den Toten. Sie müssen jeden Augenblick hier sein."

„Lord Lyndon höchstselbst legt Hand an den Unglückseligen?", fragte Tante Jo verwundert.

„Er sah ein, dass es keine andere Lösung gibt, wollte er ihn nicht den Raben überlassen."

„Nun, das ist durchaus edel zu nennen ... und das gute Kind hier?"

„Es war ihr Verlobter, der den anderen erschoss. Und nun ist er verschwunden." Gloria schluckte und sah ihrer Großtante in die Augen.

„Ach, mein Liebes", hauchte diese mitfühlend und umfing Glorias behandschuhte Hände mit den ihren.

Unter großem Getöse und Geschrei passierte die andere Kutsche endlich die stehen gebliebene Postkutsche.

Der Postillion trat heran und sagte ungeduldig: „Was ist nun, Signora? Wir müssen weiter!"

„Wenn Sie womöglich die Güte hätten, den beiden Herren entgegenzugehen, um ihnen beim Tragen einer schweren Last behilflich zu sein, könnten wir auch rasch weiter!“, entgegnete Gloria und wies mit dem ausgestreckten Arm die Richtung.

Der Postillion starrte sie verdutzt an.

„Verzeihen Sie“, murmelte sie, da sie ihren harschen Ton bereute. Wie sehr der Zwischenfall sie doch mitnahm!

Francesca ließ einen italienischen Wortschwall vom Stapel, und schließlich fügte sich der Kutscher und stapfte davon.

„Aber wir werden doch keine Leiche bei uns in der Postkutsche transportieren?“, fragte Tante Jo entsetzt.

Ach du meine Güte, daran hatte sie nicht gedacht. Platz gäbe es, aber Tante Jo hatte recht, auch sie mochte die Fahrt nicht mit dem Toten vor Augen fortsetzen.

„Ich denke, Lord Lyndon wird diese Bürde natürlich auf sich nehmen“, antwortete Gloria und biss sich auf die Unterlippe. Er konnte gar nicht anders, das gehörte sich so. Sie sah hinüber zu seinem strichdünnen Kutscher, der wartend auf dem Kutschsitz lümmelte und sich mit dem Hut Kühlung zufächelte. Sie überlegte, ob sie zu ihm hinübergehen und ihn ebenfalls bitten sollte, den Männern behilflich zu sein, entschied sich aber dagegen. „Kommen Sie“, sagte sie stattdessen zu Francesca und bat sie in die Kutsche, denn die Junisonne brannte südländisch heiß auf sie herab. Die Postkutsche brach extra im Morgengrauen auf, um der Tageshitze größtmöglich auszuweichen, und diese Unterbrechung jetzt zeigte mehr als deutlich, warum dieser Fahrplan sinnvoll war. Die Straße schlängelte sich hier, kurz vor Verona, durch sanft ansteigende

Weinberge. Kein Schatten weit und breit. Auch im Kutscheninneren staute sich die Luft, aber es war allemal besser, als in der prallen Sonne zu warten. Und während Gloria die angespannte Francesca dicht neben sich spürte, schloss sie die Augen und sehnte sich nach den abgedunkelten und sicher kühlen Räumen ihres Hotels, das sie im Voraus gebucht hatten.

Sie schrak auf, als draußen ein Ruf erscholl.

„Finley! Komm her und hilf!"

Eine Debatte kam daraufhin in Gang, auf Italienisch, und Gloria hörte am Tonfall, dass der Postillion einmal mehr lamentierte.

Plötzlich hatte sie das Gefühl, keine Kraft mehr zu haben, um nach den Männern zu schauen oder auch nur ein weiteres Wort zu sprechen. Sie wünschte, die Herren würden alles zum Besten arrangieren, wie es sich gehörte. Aber ihre debattierenden Stimmen kamen näher und Gloria hörte, dass Lord Lyndon der Meinung war, die Postkutsche als öffentliches Gefährt müsse sich des Leichnams annehmen, wohingegen der Postillion erwartungsgemäß anderer Ansicht war. Er wollte so schnell wie möglich die Poststation erreichen; auf Scherereien mit der Polizei lege er, wie er sich ausdrückte, nicht den geringsten Wert.

Musste sie wirklich hinaustreten und den Viscount darauf aufmerksam machen, dass es für ihn als Gentleman selbstredend war, den Damen keine Leiche in der Kutsche zuzumuten und also den Toten in seinem leichten Reisewagen zu transportieren?

Ja, sie musste.

Also stieß sie einen Seufzer aus, warf Tante Jo, die sie bestürzt ansah, einen beruhigenden Blick zu und schob sich an der sie furchtsam anblickenden Francesca vorbei zur Wagentür. In dem Augenblick, da sie diese öffnen und hinausklettern wollte, trat Lord Lyndon vor. „Madam“, sagte er gemessen, „es versteht sich von selbst, dass Ihnen nicht zugemutet werden kann, mit einem ... ähm, Leichnam ... also kurz und gut, meine Kalesche wird der Postkutsche folgen, und an der Poststation werden wir die junge Italienerin samt dem Unglückseligen den Beamten dort übergeben. Die Pistolen, bitte.“

Gloria reichte ihm die beiden Waffen. Erleichterung machte sich in ihr breit. Erleichterung und Dankbarkeit.

Nein, sie musste nicht.

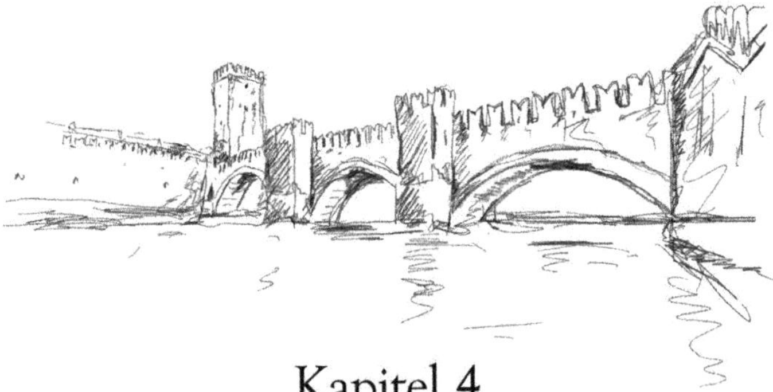

Kapitel 4

An Veronas Poststation war der Teufel los.

Alle schrien durcheinander.

Lauthals erklärte der Postillion den Grund der Verspätung. Gleich ob ungläubig, erstaunt oder betroffen – jedwede Reaktion hierauf war ohrenbetäubend.

Gloria hatte sich von Kaufmann Fromm aus der Postkutsche helfen lassen, und dieser reichte gerade Tante Jo die Hand, als Lord Lyndons Kalesche ebenfalls auf dem Platz vorfuhr. Hände wurden gerungen, Arme in die Luft geworfen und Kinder mit einem Schlag auf den Hinterkopf aus dem Weg gescheucht. Alle drängten sich, um einen Blick auf den Toten zu werfen. Die arme Francesca wurde an die Brust gedrückt, und ungeachtet ihres Schluchzens lärmte man auf sie ein und löcherte sie mit Fragen.

Gloria kam vor Durst fast um. Tatsächlich gab es drüben beim Eingang der Poststation einen Ausschank, um die Ankommenden zu versorgen. Gloria ging hinüber, um für sich und Tante Jo ein Glas Wasser zu erstehen. Der Kaufmann kam mit ihrer Tante heran, starrte wie sie auf das Gewühl, blähte die Backen und plusterte „Bab-bala-ba-bap".

Gloria blickte suchend nach dem Pagen ihres Hotels umher, der hier sein musste, um sie mit dem Wagen abzuholen. Gott, wie sie wünschte, dem geräuschvollen Gedränge zu entkommen! Sie hörte, wie Lord Lyndon nach Helfern rief, um den Toten aus der Kalesche zu heben.

Sie sagte zu Tante Jo: „Drinnen ist es womöglich kühler. Vielleicht kannst du dich dort ausruhen, bis ich den Pagen finde, der uns zum Hotel bringt."

„Ich werde nach dem Burschen Ausschau halten, verehrte Ladies, schließlich wohnen wir im gleichen Hotel, keine Sorge, ich kümmere mich darum", zeigte sich Herr Fromm beflissen und eilte davon.

Tante Jo tätschelte Gloria die Wange und murmelte: „Mein gutes Mädchen, hier ist es recht!", während sie ächzend auf eine Bank vor dem Gebäude sank und sich Luft zufächelte.

Ermattet ließ Gloria sich ebenfalls nieder. Gut denn, sollte der Kaufmann sich darum kümmern, etwas männlichen Beistand konnte sie nun doch gebrauchen. So saßen sie und warteten, eingehüllt in die Geräuschkulisse ringsum, das Rufen und Klappern und das Geschlabber der Pferde an der Tränke.

Ein weiteres Gefährt fuhr vor, eine leichte einspännige Chaise. Gleichmütig, wie man zuweilen betrachtete, was um einen herum vorging, sah Gloria hinüber. Eine junge und eine ältere Frau saßen darin, die Ältere lenkte selbst. Sie beugte sich vor und schien einen Jungen zu fragen, was hier los sei. Da zu erwarten war, dass auch diese beiden Frauen sich bestürzt zeigen würden, wandte Gloria den Blick ab und ließ ihn auf der Suche nach dem Kaufmann umherschweifen. Weil aber an jenem Wagen ein lautes Jammern begann, zuckte ihr Blick wieder zurück.

Die jüngere der beiden Frauen stieß einen ohrenbetäubenden Schrei aus und rief markerschütternd: „Luigi?! Dio mio! Luigi!“ Sie sprang vom Wagen und stürzte mit erhobenen Fäusten auf Francesca los, die vor dieser Furie zurückwich. Die Umstehenden versuchten die junge Frau festzuhalten. Francesca schrie ebenfalls. Alle schrien. Gloria verstand kein Wort.

„Du lieber Himmel!“, stieß Tante Jo hervor. „Welch ein Ausbruch an Gefühlen!“

Es sollte noch schlimmer kommen.

Zwei Polizisten auf Pferden trafen ein, kurz darauf ein Mann, der, wie Gloria mutmaßte, Arzt sein musste, denn seine Kleidung und die Ledertasche ließen auf diese Tätigkeit schließen.

Der Leichnam wurde aus Lord Lyndons Kalesche gehoben und in die Station getragen. Die junge Frau, die auf Francesca hatte losgehen wollen, warf sich schluchzend über ihn. Man zog sie behutsam weg, legte ihr die Arme um die Schultern und hüllte sie in einen italienischen Redeschwall. Doch sie widerstrebte und ließ sich nicht beruhigen. Gloria fing ihren Blick auf, da sich der Zug dem Gebäude näherte. Wild vor leidenschaftlichem Zorn zuckte er umher, fand schließlich, was er suchte, und heftete sich hasserfüllt auf Francesca, die sich am Rande kaum aufrecht halten konnte und aussah wie eine Topfpflanze, die man zu gießen versäumt hatte. Die Furie zeigte mit dem Finger auf sie und schrie mit sich überschlagender Stimme: „Er hat ihn umgebracht! Dein Verlobter hat meinen Verlobten umgebracht! Mörder!“

Das Jammergeschrei mischte sich in das Greinen und Rufen der Leute, die nach und nach im Innern des Gebäudes verschwanden und die junge Frau mit sich zogen.

Gloria, aufgewühlt, war aufgestanden und schaute den sich entfernenden Leuten hinterher.

Alexander Lyndon, Viscount Loughborough, lehnte an seiner Kalesche und tat gelassen das Gleiche.

Kapitel 5

Gloria gab sich einen Ruck und sah von ihm weg.

Kaufmann Fromm hatte – wo auch immer – den livrierten Hoteldiener ausfindig gemacht und eilte mit ihm im Schlepptau auf sie zu. Der junge Mann behauptete, die ganze Zeit anwesend gewesen zu sein und nach ihnen Ausschau gehalten zu haben. Tatsächlich erkannte sie nun jenseits des Platzes den viersitzigen Wagen mit dem Hotelsignet auf der Tür.

Also konnte man endlich beginnen, jene Koffer umzuladen, die sie mit sich führten. Die großen Gepäckstücke hatten sie mit der Eisenbahn geschickt, sie mussten an der Stazione Porta Vescovo abgeholt werden. Da Postillion und Stationsknecht drinnen im Hause waren, schickte man den Diener hinein, die beiden zu holen.

Lord Lyndon schlenderte herbei, als berühre ihn dies alles kaum. Ein dünnes Lächeln zuckte in seinen Mundwinkeln, als er sagte: „Bitte verzeihen Sie, dass ich es versäumte, mich danach zu erkundigen, mit wem ich das Vergnügen habe."

Tante Jo stand mit überraschender Frische auf. „Ich bin Mrs Blythe ... *Lady* Josephine Blythe", fügte sie mit

Nachdruck hinzu. Und indem sie Gloria zunickte, ergänzte sie: „Meine Großnichte. Lady Wingfield."

„Äußerst erfreut!" Der Viscount verneigte sich. „Ich darf betonen, wie bedauerlich ich dieses Intermezzo für Ihre erste Begegnung mit diesem bezaubernden Land finde."

„Oh, es ist keinesfalls die erste Begegnung, ich reiste in jungen Jahren bereits nach Rom", erwiderte Tante Jo mit nachsichtigem Lächeln. „Doch besten Dank, Sir, Sie tragen ja nicht die Schuld für die Ereignisse."

„Natürlich", lächelte der Viscount zustimmend. „Darf ich mir erlauben zu fragen, wo die Damen logieren? Denn selbstverständlich stehe ich zu Ihrer Verfügung, wann immer Sie nach diesem aufreibenden Zwischenfall meines Beistandes bedürfen."

„Nun, es sollte mich nicht wundern, wenn man sich ohnehin über den Weg läuft. Zweifellos sind Sie ebenso wie wir im Begriff, den Anhauch versunkener Zeitalter durch den Besuch der meisterhaften Sehenswürdigkeiten dieser Stadt auf sich wirken zu lassen."

„Selbstverständlich", entgegnete der Viscount und blickte von Tante Jo zu Gloria. „Bitte verfügen Sie jederzeit über mich."

Sein Tonfall war perfekt auf die Lage abgestimmt: höflich und glatt. Aber Gloria bemerkte einen Ausdruck in seinen palisanderbraunen Augen, der, wenn auch nur kurz, etwas jenseits seiner geschliffenen Kultiviertheit aufblitzen ließ, das sie nicht zu deuten vermochte. Sie fühlte sich eigentümlich berührt davon. Der Augenblick ging vorüber, der Postillion kam mit dem Stationsknecht, um die Koffer abzuladen, gefolgt von den beiden Polizisten. Der dickere der beiden, ein Mann mit einem roten, großporigen Gesicht, stellte sich und seinen

Kollegen vor und wandte sich sogleich an den Viscount sowie Kaufmann Fromm. Er fragte nach dem Grund des Aufenthaltes, der Verbindung zu den Damen und wollte schließlich den genauen Hergang des Geschehens wissen. In einem schnörkellosen, zuweilen leicht stockenden Italienisch gab Lord Lyndon Auskunft. Schließlich nannte er den Namen des Hotels, in dem er abzusteigen gedachte – das Grand Hôtel de Londres –, und versicherte den Beamten, selbstverständlich zur Verfügung zu stehen, sollten weitere Fragen zu beantworten sein.

Gloria wollte sich schon erleichtert abwenden, um endlich von hier fortzukommen, als Francesca schluchzend aus der Poststation gerannt kam und sofort auf sie zustürzte. Ihre Augen waren rot vom Weinen, ihr Gesicht aufgequollen.

„Signora!“, rief sie und fasste Gloria am Ärmel. „Sie suchen Giulio, wollen ihn verhaften. Sie sagen, er sei ein Mörder. Aber Giulio ist kein Mörder, Signora!“

Der zweite Polizist tadelte die junge Frau und mahnte sie, von Gloria abzulassen. Aber Francesca klammerte sich einmal mehr regelrecht an ihr fest und rief: „Bitte helfen Sie mir!“

„Aber liebe Signorina, wie soll ich Ihnen helfen?“, erwiderte Gloria so einfühlsam wie möglich. „Sicher wird die Polizei ihn finden und alles wird sich aufklären.“ Ihre Nerven waren angespannt, sie fühlte sich mitgenommen ob der Empfindungen, die das Geschehen und vor allem Francesca in ihr auslösten. Sie spürte die Verzweiflung der jungen Frau und empfand Mitgefühl für sie, und gleichzeitig verwirrte sie deren starrsinniges Beharren auf ihre Hilfe. Aber das arme Ding brauchte ganz offensichtlich eine feinfühlige Geschlechtsgenossin, um mit ihrer seelischen Erschütterung fertigzuwerden. Und weil Lord Lyndon missbilligend die Augenbrauen hob, da er Francescas Haltung zweifelsfrei für distanzlos und anmaßend hielt, sagte Gloria: „Meine Tante und ich wohnen im Hotel Colomba d'Oro. Wenn Sie möchten, besuchen Sie uns dort."

Der zweite Polizist notierte sich dies und sagte mit einem Nicken: „Auch wir melden uns, sollten wir noch Fragen haben, Signora."

„Natürlich", antwortete Gloria.

Beide Ordnungshüter verbeugten sich vor ihnen, schlugen die Hacken zusammen und beorderten Francesca zurück in die Poststation. Die junge Frau ließ sich führen, nicht ohne Gloria über die Schulter hinweg einen letzten verzweifelten Blick zuzuwerfen.

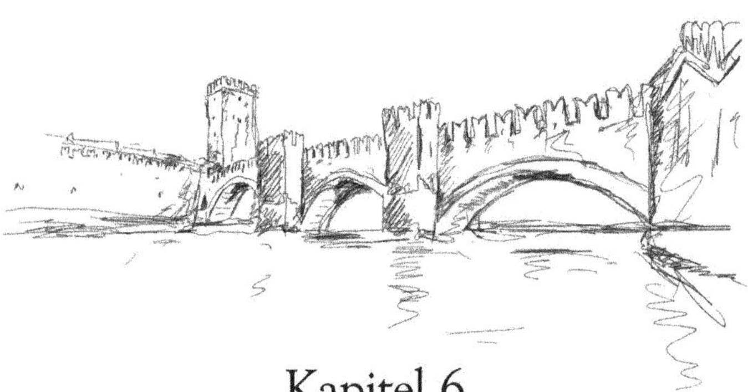

Kapitel 6

Gloria lehnte im Unterkleid auf der kleinen Chaiselongue, die vor dem Bett in ihrem Zimmer stand. Sie hatte ihre Reiselektüre – das im vorigen November erschienene Magazin „Beeton's Christmas Annual" – sinken lassen und starrte gedankenverloren vor sich hin. Das Bild, wie Lord Lyndon an seine Kalesche gelehnt stand und unberührt beobachtete, was um ihn her geschah, schob sich immer wieder zwischen die Zeilen der Titelgeschichte „Studie in Scharlachrot" des schottischen Autors Sir Arthur Conan Doyle, zu der sie noch immer schwer Zugang fand (vielleicht sollte sie es lieber mit der nächsten Geschichte versuchen, es gab noch zwei Beiträge anderer Autoren). Sie schlug das Magazin zu und starrte auf die großen roten Buchstaben auf der Vorderseite.

Der Viscount war eine Unliebsamkeit.

Nein, ohne Zweifel, er verhielt sich tadellos. Völlig angemessen. Aber womöglich war es eben dies. Mit zu vielen dieser ach so ehrenwerten Gentlemen war sie im vergangenen Herbst in Berührung gekommen. Zu oft hatte sie den beherrscht, überlegen und gleichmütig sich im Glanz der eigenen Rechtschaffenheit sonnenden Vertretern seiner Art nichts entgegenzusetzen vermocht als ihre Tränen und ihre feste Überzeugung. Die sie nicht hören wollten.

War sie also empfindlich gegen seinesgleichen geworden? Feindselig womöglich? Falls ja, wer mochte es ihr verdenken? Der Schmerz saß zu tief. Ebenso der Groll, den sie spürte und den sie auch in Bezug auf den Viscount wahrnahm. Der sich auch gegen sie selbst richtete, weil sie sich eingestehen musste, dass sie seine äußere Erscheinung angenehm fand.

Ach, zum Kuckuck, wo blieb Tante Jo mit dem Mädchen?

Da Tante Jo nicht mit ihrer Zofe reiste, hatten sie sich bei der Ankunft im Hotel erkundigt, ob das Haus eine stellte oder ob es in der Stadt eine Agentur gebe, bei der sie eine solche Hilfe engagieren könnten. Natürlich bot das Hotel diesen Dienst an, und so hatten sie für ihren viertägigen Aufenthalt ein Mädchen gebucht. Dieses Mädchen – Helena – war augenblicklich dabei, Tante Jo beim Ankleiden zu helfen. Anschließend würde sie Gloria beim Anlegen der Abendgarderobe zur Hand gehen.

Helena hatte bereits am Nachmittag geholfen. Nach der kräftezehrenden Anreise samt verzögerter Ankunft hatten Gloria und Tante Jo einen späten Lunch zu sich genommen und sich anschließend auf ihre Zimmer zurückgezogen, um ein wenig zu ruhen, während ein Diener des Hauses ihr Gepäck vom Bahnhof abholte. Zur vereinbarten Stunde war Helena erschienen und hatte ihnen sowohl beim Auspacken als auch beim Umkleiden beigestanden, ehe sie hinunter in den Teesalon des Hotels gegangen waren. Nach dem Tee waren sie in der hauseigenen Gartenanlage umherflaniert, waren unter hohen Palmen mit stacheligen Stämmen und einem fächerweiten Blätterdach dahingeschlendert, vorbei an einem lasziv am Uferrand eines kleinen Tümpels liegenden steinernen Cupido, umringt von üppigem Grün und betört vom Farbenspiel zahlloser rosaroter Bougainvillea- und Pfingstrosenblüten. Auf kulturelle Entdeckungsreise wollten sie sich erst ab morgen begeben.

Gloria reckte sich. Im Zimmer war es behaglich warm, zwei Gaslichtlampen verbreiteten einen angenehmen Schimmer. Es war gut, in Italien zu sein. Sie freute sich an der Wärme und am Duft des fremden Landes, sie freute sich auf die Besichtigungen antiker Stätten und auf die neuen Eindrücke, von denen sie sich erhoffte, dass sie ihr halfen, ihr wehes Herz zu heilen.

Sie stand auf und legte das Magazin auf den Nachttisch. „Studie in Scharlachrot", schrien die roten Buchstaben auf dem Titelblatt. Tante Jo hatte ihr das Magazin vor Weihnachten von einer ausgedehnten Einkaufstour in der Stadt mitgebracht (zusammen mit Mariana Starkes „Briefe aus Italien" und „Reisen auf dem Kontinent" sowie Joseph Forsythes „Bemerkungen über Altertum, Kunst und Briefe während eines Ausflugs in Italien", John Ruskins „Steine von Venedig" und außerdem zwei Romanen von Mary Elizabeth Braddon, die sie noch nicht kannte), um sie auf ihre bevorstehende Reise nach Italien einzustimmen und sie auf andere Gedanken zu bringen. Aber der Detektiv Holmes mit seinem Habichtprofil und seiner beißenden Ironie war ihr nicht sonderlich sympathisch und sie hatte Mühe gehabt, in die Geschichte hineinzufinden. Weil sie das ihrer Schwermut in jener Zeit des vergangenen Jahres zuschrieb, hatte sie der Erzählung eine zweite Chance gegeben und das Magazin als Reiselektüre eingepackt (aber es gelang ihr auch hier nicht, und vielleicht sollte sie es einfach in Italien zurücklassen). Außerdem befanden sich in ihrem Reisegepäck die „Sonette aus dem Portugiesischen" ihrer Elizabeth Barrett Browning. *Wie ich dich liebe? Lass mich zählen wie. Ich liebe dich so tief, so hoch, so weit, als meine Seele blindlings reicht* ... So hatte sie selbst empfunden, und die Dichterin hatte es in Worte gefasst. Worte, die sie im Glück hinauf in den Himmel trugen und den Sturz daraus nach Verlust, Schmerz und Trauer abzumildern vermocht hatten. Gloria verehrte sie seit Jahren.

Es klopfte.

Tante Jo kam herein, gefolgt von Helena. Gloria dachte einmal mehr, dass die Arme ihrem berühmten Namen leider keine Ehre machte. Helena, obschon schlank und gut gebaut, hatte eine zu lange Nase, riesige Vorderzähne und unreine Haut. Sie war alles andere als schön. Aber ihr Lächeln, mit dem sie Glorias Begrüßungslächeln erwiderte, war aufrichtig freundlich.

Tante Jo, in Flieder und Silbergrau, fächelte sich mit ihrem kleinen Fächer aus Elfenbein Luft zu und ließ sich auf der Chaiselongue nieder. „Mein Kind", seufzte sie, „welch eine Mühe das Ankleiden doch mit dem Alter macht!"

„Tantchen, du siehst wunderbar aus!" Gloria stand auf, damit Helena ihr das Korsett anlegen und schnüren konnte. Sie meinte es ehrlich. Man sah Tante Jo ihre achtundsechzig Jahre nicht an; ihr Gesicht war nahezu faltenfrei, die Farbe war frisch und rosig und die hellbraunen Augen blickten munter. Weit davon entfernt, altersschwach und gebrechlich zu sein, hatte ihre Großtante sämtliche Stationen ihrer bereits zwei Monate dauernden Reise wohlgemut gemeistert.

Dennoch ließ sie nun den Fächer zuschnappen und machte damit eine Geste, wie um zu sagen: „Ach was!"

„Ich meine das im Ernst", sagte Gloria, neigte sich zu ihrer Tante hinunter und hauchte ihr einen Kuss auf die Wange. „Deine exzellente Toilette lässt dich kaum älter wirken als mich, du siehst gesund und tatkräftig aus und ich –" Sie unterbrach sich, trat ans Bett, wo ihre Garderobe ausgebreitet lag, und bedeutete Helena, mit dem Cul de Paris weiterzumachen.

„Du Schmeichlerin!"

Gloria blickte über die Schulter zurück zu Tante Jo, während Helena die Bänder des Gesäßpolsters in ihrer Taille festband, und sagte lächelnd: „Was ich sagen will, ist, nun, ich bin froh, dass wir zusammen hier sind."

„Das bin ich auch, Liebes." Tante Jo erwiderte ihr Lächeln, dennoch sah Gloria die Spur Besorgnis, die darunter lag. „Ich tat gut daran, diese Reise vorzuschlagen. Wie fühlst du dich?"

„Gut", antwortete Gloria wahrheitsgemäß. Der Abstand war gut. Die neuen Eindrücke waren gut. Kunst und Kultur taten gut.

Sie waren Mitte April in London aufgebrochen. Dem ersten Ziel, Paris, noch frühlingskühl und trüb, widmeten sie fast den gesamten Restmonat, weil sie es langsam angehen wollten. Sie besichtigten den Louvre und Notre-Dame, bestaunten die beeindruckende Eisenkonstruktion des im Bau befindlichen Turmes zur Pariser Weltausstellung, die im nächsten Jahr stattfinden sollte, flanierten durch den Bois de Boulogne und statteten sich in erstklassigen Geschäften auf den Champs-Élysées nach neuester Mode aus. Danach ging es nach Deutschland – nach Heidelberg und München –, schließlich nach Innsbruck. Weil Gloria nicht mit der Eisenbahn fahren wollte, auch über den Brenner nach Bozen und Trient nicht, schickten sie lediglich das große Gepäck mit dem Zug voraus und reisten mit Post- oder Mietkutschen. So war es nun Mitte Juni, als sie in Verona anlangten. Hier wollten sie entscheiden, ob sie auch nach Venedig reisen würden, was ratsam schien, da es in der Nähe lag. Auf jeden Fall dann Florenz, wo Gloria unbedingt das Grabmal Elizabeth Barrett Brownings auf dem Cimitero degli Inglesi besuchen wollte, weil sie sich der berühmten Dichterin, die ebenfalls nach Italien geflohen war (wenn auch aus anderem Grund als Gloria selbst), so seelennah fühlte.

„Das freut mich zu hören", sagte Tante Jo. „Und ich kann dir gar nicht sagen, wie sehr ich mich auf Rom freue! Ach, mein guter George würde Augen machen!"

Mit ihrem längst verstorbenen „guten George" war Tante Josephine seinerzeit auf Hochzeitsreise nach Rom gereist. Davon abgesehen, dass die Ewige Stadt ohnehin auf der Liste eines jeden Italienreisenden stand, war es ihrer Tante ein persönlicher Wunsch, den Zauber Roms noch einmal zu erleben. Ob sie anschließend noch nach Neapel weiterreisen, den Vesuv und Pompeji besichtigen würden, wollten sie davon abhängig machen, wie sie die hochsommerlichen Temperaturen vertrugen. Sämtliche Reiseliteratur riet nämlich von einem Aufenthalt im Hochsommer ab, da Malaria und andere gesundheitliche Gefahren drohten; Mariana Starke warnte sogar vor der römischen Campagna, weil diese im Sommer von Schwefel-, Arsen- und Vitriolschwaden bedeckt sei, was Gloria allerdings für die heutige Zeit nicht glauben mochte, denn Frau Starkes Warnungen waren zu Anfang des Jahrhunderts geschrieben worden.

„Du wirst mir all die Plätze zeigen, an denen ihr wart, nicht wahr?“, fragte Gloria und stützte sich an Helena ab, die ihr in die Robe half. Rock und Mieder waren schwarz, die Draperie darüber in schwarz- und muschelfarben-karierter Seide, die hinten zu einer großen, einfarbigen Schleife zusammengefasst war, welche in eine vage, dem Karomuster folgende Volantschleppe überging. Ein Abendtraum, dessen kurze gepuffte Ärmel Stoff und Muster der Draperie wiederholten und dessen vorne und hinten gleich flach geschnittener, dreieckiger Ausschnitt Glorias weiße Schultern perfekt einrahmte.

„Gewiss doch“, antwortete Tante Jo.

Gloria sah im Spiegel, wie ihre Tante voll kritischem Interesse dabei zusah, wie Helena ihr das Collier aus Flussperlen umlegte und die Coiffüre aus Band mit hellen Federn im hochgesteckten Haar festmachte.

„Sollte mich nicht wundern, wenn ich manches nicht wiedererkenne.“

„Aber Tantchen, Petersdom, Engelsburg und Colosseum stehen da seit Hunderten von Jahren. Die werden sich nicht verändert haben.“

„Da hast du wohl recht. Doch noch sind wir ja nicht in Rom. Jetzt sehen wir uns erst einmal Verona an. Auch hier gibt es eine Arena. Ich hoffe nur, der dicke Kaufmann drängt sich uns nicht auf. Oder gar der ehrenwerte Lord Lyndon.“

Gloria legte ihre Ohrringe an und drehte sich dabei halb zu ihrer Tante um. „Grundgütiger Himmel, warum beschwörst du ein solches Schreckensbild herauf?!“, erwiderte sie schmunzelnd. „Keinen der beiden hätte ich gerne als Reiseleiter.“

„Obwohl der Viscount natürlich ein Gentleman ist. Er scheint auch recht vermögend zu sein, wenn er mit eigener Kalesche reist. Allein die Zollgebühren für das Gefährt, die an jeder Grenze erhoben werden, verschlingen einiges."

Gloria drehte sich zur Gänze um und nahm die Handschuhe, die Helena ihr reichte. „Trotzdem lege ich keinen Wert auf seine Begleitung", ergänzte sie, während sie die Handschuhe überstreifte und sodann die Röcke raffte, um in ihre leichten Sommerschuhe zu schlüpfen.

„Sollte mich nicht wundern, wenn er dir den Hof machte."

Helena reichte Gloria Fächer und Beutel und lächelte dabei anerkennend.

Gloria sah über die Schulter auf ihr Spiegelbild. Ja, auch wenn sie nicht mehr ganz jung war, sie konnte sich sehen lassen!

„Nun, das soll er mal versuchen, der ehrenwerte Lord Lyndon. Er wird merken, was er davon hat!", antwortete sie und setzte eine betont herablassende Miene auf.

Tante Jo wedelte Helena mit ihrem Fächer, damit sie ihr aufhalf, was die Zofe tat. Ein wenig ungelenk, wie das bei älteren Leuten oft der Fall ist, tat ihre Tante zwei Schritte auf Gloria zu. Sie lächelte sie wie eine Komplizin an und schlug ihr sanft mit dem geschlossenen Fächer auf den Oberarm. „Wir sind in der Stadt Romeos und Julias. Das mag Lord Lyndons Sinnesempfindungen beeinflussen."

Gloria schlug die Augen zum Himmel und wiederholte Tantchens Geste mit dem Fächer. „Lord Lyndons Sinnesempfindungen sind mir aufrichtig gleichgültig! Und nun lass uns hinunter zum Dinner gehen."

Kapitel 7

Der Baedeker behauptete, Veronas Sehenswürdigkeiten seien an einem Tag zu besichtigen, und empfahl, mit der Arena und der Piazza Vittorio Emanuele zu beginnen.

Das war zwar gut und schön, und das würden sie auch tun, dennoch sah Gloria keinen Grund, an einem einzigen Tag von Sehenswürdigkeit zu Sehenswürdigkeit zu hetzen. Tante Jo und sie hatten drei Tage für die Stadt eingeplant (Ankunfts- und Abreisetag nicht mitgerechnet), um Kirchen und Denkmäler anzuschauen und sich am luftigen Flussufer auszuruhen.

Und so stand Gloria an diesem strahlend blauen Junimorgen zum Aufbruch bereit in Promenadentoilette neben Tante Jo im Hotelfoyer des Colomba d'Oro, streifte noch einmal mit dem Blick über die zarten, in Paris gekauften Sommerhandschuhe mit dem modischen Druckverschluss, die sie heute erstmals angelegt hatte, und stellte abermals hingerissen fest, dass diese berückende Neuerung sehr vornehm aussah.

„Gehen wir?", lächelte sie Tante Jo zu.

„Verona, wir kommen!", gab Tante Jo zurück und setzte sich in Bewegung.

Der Hausdiener hielt ihnen die Tür auf und wünschte einen guten Tag. Gloria nickte dankend und trat, von Tante Jo gefolgt, ins Freie. Ah, welch eine Luft! Welch ein Licht und welche Farben! Die Menschen so anders, so sonnengebräunt im Gesicht, so gestenreich und ... oh, Francesca!

Die junge Frau hatte ganz offensichtlich an der Ecke des Hotels auf ihr Erscheinen gewartet. Sie wirkte unglücklich und verlegen, als sie sich ihnen näherte.

„Verzeihen Sie, Signora Inglese“, sagte sie. „Aber Sie haben gesagt, ich kann kommen. Bitte, können wir reden? Kurz?“

Gloria nickte zustimmend, während Tante Jo, wie sie bemerkte, missbilligend die Lippen zusammenkniff.

„Ich weiß nicht, Signora Inglese ...“

„Hören Sie auf, mich so zu nennen. Mein Name ist Gloria Wingfield.“

„Signora Wingfield“, nickte Francesca. Sie sprach den Namen „Wiiengfilt“ aus. „Ich kann nicht sagen warum, aber ich merke, Sie mich verstehen“, sagte sie in gebrochenem Englisch. Sie sah Gloria direkt ins Gesicht und klopfte sich mit der flachen Hand auf den Busen, dorthin, wo das Herz lag.

Die Eindringlichkeit von Geste und Blick erschütterte Gloria. Sie wusste nichts zu erwidern.

„Sie denken, wir uns fremd“, fuhr Francesca daher fort. „Aber ich ... sono sicuro ... Sie mir können helfen. Die Polizei muss hören auf eine fremde Signora. Mir sie glauben nicht. Ich weiß, Giulio unschuldig. Aber mir sie glauben nicht“, wiederholte sie traurig.

„Nun, ich würde Ihnen ja gerne helfen, Francesca, doch vermag ich beim besten Willen nicht zu sagen wie. Außerdem glaube ich kaum, dass sich die Polizei über eine Einmischung meinerseits erfreut zeigen würde.“

Francescas Gesichtsausdruck wies deutlich darauf hin, dass sie kaum ein Wort von dem verstanden hatte, was Gloria soeben eingewandt hatte. Also versuchte Gloria es auf Italienisch. Und während sie sprach, schüttelte Francesca den Kopf und erwiderte schließlich – ebenfalls auf Italienisch: „Ich weiß, dass Sie mir helfen können, Signora Wiiengfilt. Ich bitte Sie, Fürsprecherin zu sein. Unsere Polizei schätzt englische Reisende."

„Aber ich kenne weder Sie noch Ihren Verlobten. Und wer war das tobsüchtige Mädchen an der Poststation? Die Verlobte des Getöteten?"

„Rosalinde." Francesca zögerte und runzelte kurz die Stirn. „Alle gingen davon aus, dass sie und Luigi sich bald verloben würden. Dass sie es bereits waren, wusste niemand."

„Rosalinde, mag sein, doch wie gesagt, ich kenne Sie alle nicht und ich weiß nichts über Ihre Beziehungen zueinander. Wie könnte ich da für Sie sprechen?"

„Ganz recht, meine Liebe", warf Tante Jo ein. „Wir sind in einem fremden Land, und ich wüsste nicht, wie du als Lady des Britischen Empire dazu kämest, dich in eine solche Angelegenheit einzumischen." Sie hatte Englisch gesprochen, doch Francesca erfasste an Haltung und Tonfall, dass die ältere englische Dame skeptisch und ablehnend war, denn sie schüttelte so verzweifelt den Kopf, dass Tante Jo anfügte: „Allerdings ist unsere christliche Nation natürlich von Fortschritt und Liberalismus geprägt, an denen andere sich ausrichten können. Man hat ja schon gehört, wie sie hierzulande mit Gesetzen umgehen."

Als Francesca den versöhnlicheren Tonfall vernahm, hellte sich ihre Miene etwas auf und ihr Blick zuckte zu Gloria. Eifrig sagte sie: „Alle sagen, Giulio und Luigi seien den ganzen Abend in kameradschaftlichem Spaß miteinander umgegangen. Auch als Alberto den Pistolenkasten brachte, war das ganze Gerede um Duell nur Spaß. Aber nun ist Luigi tot und Giulio verschwunden und die Kameraden wissen von nichts. Man wird sagen, Giulio hat Luigi heimtückisch umgebracht. Man wird ihn wegen Mordes verurteilen. Aber mein Herz sagt mir, dass das nicht richtig ist."

„Wer ist Alberto?", fragte Gloria.

„Rosalindes Bruder. Sie treffen sich immer bei Alberto. Es gibt einen parkgroßen Garten und einen Pavillon. Sie trinken, spielen Karten ..." Francesca zuckte die Schultern.

„Alberto besitzt demnach ein Haus und Rosalinde lebt bei ihrem Bruder?"

„Aber nein! Alberto ist neunzehn. Beide leben natürlich in ihrem Elternhaus."

„Sie sagten Pistolenkasten, stammen die Waffen aus dem Besitz von Rosalindes und Albertos Vater?"

Francesca nickte bestätigend. „Signor Aldrighetti war Offizier in den Befreiungskriegen. Es ist eine angesehene Familie. Giulio allerdings ..." Francesca stockte.

„Ja?", fragte Gloria.

„Nun, Giulio entstammt einer Familie von Landadeligen, die ihre Herkunft auf die Zeit zurückdatiert, als ihre Leute im 15. Jahrhundert aus Venedig kamen. Manche neiden ihm und seiner Familie diesen Stammbaum."

„Ach", entfuhr es Gloria. „Sie glauben, dass man ihm seine Abkunft missgönnt und ihn daher schadenfroh einen Mörder nennt? Dass die Gesetzeshüter ihn ohne großes Federlesen verurteilen, nur um zu zeigen, dass das Gesetz nicht vor einem wie ihm Halt macht?"

„Ja, so in der Art. Dabei könnte Giulio niemanden töten."

„Was macht Sie so sicher?", fragte Gloria. „Sie könnten Streit bekommen und Giulio Luigi im Affekt getötet haben."

„Aus seinen Augen spricht Güte", antwortete Francesca und ergänzte mit Inbrunst: „Deshalb liebe ich ihn."

Genau das war es. Diese leidenschaftliche Unerschütterlichkeit, mit der Francesca an ihren Geliebten glaubte. Sie durchdrang alles und erreichte – nicht eben erst, aber erst eben vollständig und ganz – Glorias Herz.

Tante Jo sagte auf Englisch zu Gloria: „Ich fürchte, dies ist Wasser auf die Mühlen deines Gerechtigkeitsempfindens." Und mit sanft mahnendem Tonfall ergänzte sie: „Doch wie ich schon sagte, wir befinden uns in einem fremden Land, und ich kann beim besten Willen nicht sehen, was du hier ausrichten könntest."

Natürlich wollte ihre Tante sie vor Unbill bewahren und wünschte sich, dass Heiterkeit und Frohsinn wieder in ihr Leben einkehrten. Gloria sandte ihr einen liebevollen Blick und erwiderte: „Ich weiß es auch nicht. Aber irgendetwas sagt mir ... nun, ich kann es nicht erklären, doch ... also, ich glaube, die Arena muss warten."

„Warum muss die Arena warten?", trompetete Kaufmann Fromm, der sich ihnen soeben vom Hotel her näherte. Im hellen Sommeranzug, ein unternehmungslustiges Lächeln im Gesicht, schwang er munter seinen Spazierstock, hieb ihn mit einem abschließenden Schwung aufs Pflaster und blieb bei ihnen stehen.

Tante Jo schenkte ihm ein Nicken als Gruß und Gloria wünschte einen guten Morgen.

Der Österreicher wiederholte seine Frage.

Mit den Augen bat Gloria ihre Tante um Verständnis, als sie antwortete: „Ich habe Besorgungen zu machen und diese junge Dame wird mir dabei behilflich sein."

Tante Jo holte geräuschvoll Luft und Kaufmann Fromm heftete seinen Blick auf Francesca.

„Aber ist das nicht ...?", hob er an, doch Gloria fiel ihm ins Wort.

„Liebe Tante, bitte verzeih. Ich bin in einer Stunde zurück, dann gehen wir zur Arena." Sie setzte ein gewinnendes Lächeln auf.

„Aber ...", stotterte Tante Jo.

„Zufällig werde ich meinen Geschäftspartner ohnehin erst am Nachmittag treffen. Ich habe also Müßiggang, und es wäre mir eine Freude, verehrte Lady Blythe, Sie zur Arena zu begleiten."

„Das würden Sie tun?", fragte Gloria mit ausgesuchter Höflichkeit. „Tante, das wäre doch wunderbar, nicht wahr?"

Tante Jos Blicke waren Blitze.

Gloria berührte Francescas Arm und bedeutete ihr zu gehen. „Wir müssen los. Sollte ich es in einer Stunde nicht zur Arena schaffen, so lasse mir bitte eine Nachricht im Hotel, wo ich dich finde, ja?" Sie nickte ihrer Tante zu, die noch immer sprachlos dastand.

„Wir müssen zum Duellplatz", hörte sie Francesca neben sich raunen, als sie sich entfernten.

„Warum?" Gloria blieb abrupt stehen.

„Ein Gefühl", antwortete Francesca und zog sie mit sich.

Lady Josephine Margaret Blythe starrte einen Augenblick fassungslos auf den sich entfernenden Rücken ihrer Nichte. Dann hatte sie sich wieder so weit in der Gewalt, dass sie ein unverbindliches Lächeln aufsetzen und sich Kaufmann Fromm zuwenden konnte.

„Nun, es freut mich, dass Sie mir Ihre Zeit opfern und mich begleiten möchten. Sie kennen die Arena?"

„Oh ja", frohlockte der Österreicher. Er streckte den Arm aus, um ihr zu bedeuten voranzugehen. „Jedes Mal, wenn ich in Verona bin, statte ich ihr einen Besuch ab. Es ist ein imposanter Anblick, Sie werden sehen, verehrte Lady Blythe! Bitte sehr, hier entlang, es ist nicht weit, einige Sträßchen, schon sind wir auf der Piazza Vittorio Emanuele, wo die Arena liegt."

Lady Blythe schimpfte im Geiste mit ihrer Großnichte ob deren den Plan ändernden Verhaltens, nahm sich aber gleichzeitig vor, das Beste aus der Lage zu machen. Also folgte sie dem Österreicher, der, wie sie fairerweise anerkennen musste, ein passables Englisch sprach und wohlgemut über die Schönheiten der antiken Kultur plapperte. Sie waren kaum zehn Schritte gegangen, als Lady Blythe ein weiteres Übel herannahen sah. Nahm das Ungemach denn heute gar kein Ende?

„Lady Blythe." Lord Lyndon verbeugte sich vor ihr und grüßte den Kaufmann mit einem knappen Nicken. „Ich hatte gehofft, Sie noch anzutreffen. Ich komme offensichtlich gerade rechtzeitig, Sie sind im Begriff auszugehen."

„In der Tat, Lord Lyndon." Lady Blythe wartete.

Der Viscount faltete die behandschuhten Hände vor sich über dem Griff seines Schirmes – ein Schirm! Bei diesem Wetter! – und sagte: „Die Polizei war am frühen Morgen bei mir. Sie wollen auch mit Ihnen sprechen, obschon ich verdeutlichte, dass man vermeiden sollte, Sie und Ihre Großnichte zu belästigen, und obwohl ich den Herren versicherte, dass Sie nicht mehr wüssten, als ich ihnen bereits hatte sagen können."

„Das ist ausgenommen freundlich von Ihnen, Lord

Lyndon", erwiderte Lady Blythe mit einem zurückhaltenden Lächeln. „Sollten sich die Herren durch Ihren Rat dennoch nicht abhalten lassen, werden wir uns ihren Fragen wohl stellen müssen." Indem sie dies aussprach, befiel Lady Blythe Unbehagen. Gloria war im Begriff, sich in diese Sache hineinziehen zu lassen! Sie war mit diesem Mädchen fortgegangen! Was sollte man der Polizei sagen? Lieber Gott im Himmel!

„Falls die Polizei kommt, zögern Sie bitte nicht, mich hinzuzuziehen, verehrte Lady Blythe", erbot sich Kaufmann Fromm. „Durch die Verbindungen zu meinem Geschäftspartner bin ich durchaus mit den Gepflogenheiten dieser Stadt vertraut – bis zu einem gewissen Grade natürlich." Er lächelte zuvorkommend.

„Nun, ich danke Ihnen", erwiderte Lady Blythe und wusste gleichzeitig, dass es ihr sehr missfallen würde, müsste sie den Österreicher zu Rate ziehen. Lord Lyndon, wiewohl standesgemäßer, war allerdings auch keine befriedigende Lösung. Doch sie wusste natürlich ebenso, dass sie und Gloria als Damen in einem fremden Land durchaus männlichen Beistand brauchen konnten, und so rang sie sich ein erkenntliches Lächeln ab und ergänzte: „Ich bin sicher, ich kann auf Ihrer beider Hilfe zählen, wenn es nötig ist."

Abermals deutete Lord Lyndon eine höfliche Verneigung an, dann sagte er: „Darf ich mir die Frage nach Lady Wingfields Befinden erlauben? Sie ist im Hotel geblieben?"

„Nun ..." Lady Blythe hob vage den Arm und ärgerte sich, weil sie mit dieser Frage hatte rechnen müssen und nun doch nicht wusste, was sie dem Viscount antworten sollte.

„Oh, durchaus nicht", sprang der Kaufmann ihr bei. „Sie wollte Besorgungen machen." In seinem Ton schwang der Stolz seiner Klasse mit, mit ihresgleichen Umgang zu pflegen und daher über ihre Gepflogenheiten im Bilde zu sein. Auch das ärgerte sie. Und dann fuhr ihr der Schrecken in die Glieder, als sie ihn sagen hörte: „Doch jetzt, da ich es recht bedenke ... ich meine gehört zu haben, wie die junge Italienerin etwas von ‚Duellplatz' sagte ..."

„Die junge Italienerin?", fragte Lord Lyndon verständnislos.

„Aber ja, die ..."

Lady Blythe, nun leider doch zu einer Erklärung gezwungen, bedeutete dem Kaufmann zu schweigen, indem sie ihre Hand in Richtung seines Unterarmes führte, ohne diesen jedoch zu berühren. „Die junge Frau von gestern hat noch einmal vorgesprochen. Meine Großnichte hielt es für angemessen, ihr Gehör zu schenken und hat sich mit ihr zurückgezogen."

Der Viscount sah sie an, als hätte sie behauptet, die Erde sei eine Scheibe, von deren Rand sie allesamt herunterfallen würden, sollten sie so kühn sein, sich ihm zu nähern. „Nun", begann er unbestimmt, fasste sich und ergänzte: „Nun, das ist ungewöhnlich. Ungewöhnlich, ja. Aber was wollte sie denn von Lady Wingfield?"

„Ich denke, das arme Ding ist noch immer ganz mitgenommen und sucht den Rat meiner Nichte."

„Aber hat sie denn nicht ihresgleichen? Sie wird doch Freundinnen haben, denen sie sich anvertrauen kann! Was soll Lady Wingfield in dieser Angelegenheit tun?"

Jetzt klang er ungehalten.

„Menschlichkeit und Fürsorge, Sir“, entgegnete Lady Blythe kühl. Lord Lyndons schulmeisternde Haltung ärgerte sie. „Ich bin überzeugt, die Zuwendung einer englischen Lady wird dem Mädchen zuträglich sein.“

„Gewiss“, beeilte sich der Viscount zu sagen. „Verzeihen Sie. Selbstverständlich ist es äußerst ehrenhaft und charaktervoll von Lady Wingfield, dem armen Kind beizustehen. Bitte übermitteln Sie ihr meine ehrerbietigsten Grüße. Ich will Sie nun nicht länger aufhalten. Sollten Sie meiner bedürfen, so zögern Sie bitte nicht, es mich wissen zu lassen. Ich stehe zu Ihrer Verfügung.“

„Ich danke Ihnen“, erwiderte Lady Blythe. Sie sah den Kaufmann an, um ihm zu signalisieren, dass sie weitergehen könnten. Dessen Gesichtsausdruck, zunächst noch von innigem Nachdenken gezeichnet, wandelte sich nun zu einer leichten Verlegenheit, dann zu Entschlossenheit, als er verkündete – und dabei hob er den Arm wie ein Lehrer, der die Gewichtigkeit seiner Ausführungen mit entsprechender Gestik untermalte: „Doch, doch, je mehr ich darüber nachsinne, bin ich mir gewiss, dass die junge Italienerin ‚Duellplatz‘ sagte! Lady Wingfield blieb daraufhin erschrocken stehen. Ich sah es, ja, ganz unzweifelhaft. Aber um Gottes willen, wozu wollen sie denn dort noch einmal hin?“

Kapitel 8

Dieser Platz bereitete ihr Unbehagen.

Gestern hatte sie dies nicht so stark empfunden, und das, obwohl doch ein Toter im Gras gelegen hatte.

War es der Nachhall des Todes? Wenn dies Veronas Duellplatz war, wie Francesca sagte, dann waren hier sicher schon etliche Männer gestorben. Gloria schloss die Augen und sah jenen anderen Duellplatz in London, und das tat so weh, dass sie sich für einen Moment ans Herz griff. Sie löste die Hand, öffnete die Augen und schluckte den Kloß hinunter, der sich in ihrem Hals gebildet hatte.

Francesca stand still neben ihr, einige Schritte vom Rand dieses fremd riechenden Waldes entfernt, und starrte wie sie hinüber zu jener Stelle, an der sie gestern Luigi gefunden hatte. Gloria spürte einen Einklang, etwas schien sie von Anfang an mit der jungen Frau verbunden zu haben. Auch Francesca schien es so zu empfinden, denn leise, ohne Gloria anzusehen, sagte sie: „Ich spüre, dass etwas nicht stimmt. Auch Sie spüren es. Deshalb wollte ich, dass Sie mit mir herkommen."

Gloria sah Francesca an, und diese drehte ihr nun

ebenfalls den Kopf zu. Ein ruhiger Blick zwischen Verbündeten. Ein Übereinkommen jenseits von Worten.

Kein Geheiß war nötig. Kein Befehl musste gebellt werden. In stillem Einverständnis verließen sie ihren Standort, Francesca schritt nach rechts, Gloria nach links, um einen Bogen um jenen Punkt zu schlagen, an dem Luigis Leiche gelegen hatte.

„Um Himmels willen, was tun Sie da?!", gellte eine Stimme gebieterisch durch die Stille.

Erschrocken blieb Gloria stehen, auch Francesca hielt an und drehte sich zum Waldrand um.

Kein Geringerer als Lord Lyndon stand dort und schwenkte seinen Schirm – einen Schirm, bei diesem Wetter! –, als wolle er eine Reisegruppe zu sich winken.

Gloria wechselte einen raschen Blick mit Francesca, diese zuckte die Schultern, um zu sagen, dass sie nicht wusste, woher er plötzlich kam.

„Kommen Sie zurück!", rief Lord Lyndon.

Gloria rührte sich nicht, zu verdutzt war sie über sein Erscheinen, zu verwirrt über sein lautes Geschrei, das den Zauber des Einvernehmens zwischen ihr und Francesca brutal – ja, brutal! – zerstörte.

„So kommen Sie doch! Was wollen Sie denn dort?!"

Wieder wechselte sie einen Blick mit Francesca. Das Aufblitzen eines Lächelns, zwei Frauen, ein Gedanke. Wortlos drehten sie sich um und setzten ihren Weg fort, eine jede in die Richtung, die sie eingeschlagen hatte.

Wieso war er hier, zum Kuckuck? Woher wusste er, wo sie war? Als sie Tante Jo vor dem Hotel verlassen hatte, hatte sie ja nicht einmal gewusst, dass sie den Weg heraus aus der Stadt zum Duellplatz machen würden.

Obwohl ... Francesca hatte es vorgeschlagen. Ob Tante Jo es gehört hatte? Und dem Viscount prompt davon erzählt? Hatte sie ihn in der Arena getroffen?

Verstohlen sah Gloria über die Schulter zurück. Er folgte ihr! Mit Schritten so rasch, wie es der Anstand einem Gentleman gerade noch erlaubte. Er würde sie einholen.

„Lady Wingfield!", rief er. „Lady Wingfield, bitte bleiben Sie stehen."

Das klang schon anders als „Was tun Sie da?!" und „Kommen Sie zurück!" Gloria blieb stehen, drehte sich um, hob die Augenbrauen und beäugte sein Herannahen. Aus dem Augenwinkel bemerkte sie, dass Francesca ebenfalls stehen blieb.

„Lord Lyndon." Sie nickte knapp, als er vor ihr stand. Las sie Besorgnis in seiner Miene? Selbst wenn – sie wich im Nu jenem aufgeräumt würdevollen, gönnerhaften, besserwisserischen Ausdruck, der allen Standesgenossen – ach was, so gut wie allen Männern – eigen war.

„Lady Wingfield, ich verstehe nicht, wie Sie sich zu einer solchen Dummheit hinreißen lassen konnten!" Er versuchte, es wie eine Frage klingen zu lassen, das hörte sie wohl, aber es gelang ihm nicht, Tadel schwang mit.

„Und *ich* frage mich, wie Sie auf den Gedanken kommen, einen Ausflug als *Dummheit* zu bezeichnen. Womöglich glauben Sie, weil Sie ein Landsmann sind, hätten Sie das Recht, sich in meine Angelegenheiten zu mischen? Ich versichere Ihnen, das haben Sie nicht."

„Als Gentleman ist es meine Pflicht, Sie, mit allem gebührenden Respekt, davor zu bewahren, möglicherweise etwas Unbesonnenes zu tun."

Die kleine Narbe unter seinem rechten Auge zuckte.

„Nun, Lord Lyndon, vielen Dank, doch wüsste ich nicht, was an einer Wanderung unbesonnen sein sollte."

„Aber das ist der Platz, an dem eine Leiche gefunden wurde. Dass Ihre Wanderung Sie ausgerechnet hierher führt, lässt durchaus die Schlussfolgerung zu, dass Sie unbedacht handeln. Was wollen Sie ausgerechnet hier?"

Wie er das Wort „Wanderung" betonte! Ironisch. Gerade so, als sei sie zum einen völlig unfähig, überhaupt eine Wanderung zu unternehmen, zum anderen, als sei allein der Gedanke, sie könne ihr augenblickliches Hiersein als Wanderung ausgeben, nachgerade lachhaft. Dieser anmaßende Besserwisser!

„Lord Lyndon", erwiderte sie so ruhig wie möglich, „wohin meine Ausflüge mich führen, ist allein meine Sache. Bitte nehmen Sie davon Abstand, mir diesbezüglich Vorhaltungen zu machen."

„Selbstverständlich wollte ich Sie keineswegs beleidigen, Lady Wingfield!", beteuerte er. „Doch sehen Sie nicht, dass es ..."

„Was ich sehe", unterbrach sie ihn bestimmt, „sind zwei Frauen auf einem Ausflug und ein Gentleman, der sich in ihre Belange einmischt. Sie mögen es gut meinen, aber seien Sie versichert, wir kommen ohne Sie zurecht."

Er starrte sie an, als wäre sie Hydra höchstpersönlich.

Gloria starrte zurück. Sie spürte ihr Herz heftig schlagen, der Schlagabtausch regte sie auf, seine anmaßende Haltung, seine Zurechtweisungen regten sie auf, die Vorstellung, dass er alles verdorben hatte, regte sie auf, und außerdem regte sie sich über sich selber auf –

nein, es war eher ein erschrockenes Erstaunen, dass sich das rohe und kämpferische Tier in ihrer Brust erneut geregt hatte. Sie hatte dieses Tier im vergangenen Herbst kennengelernt, hatte erlebt, wie es erwacht war und sich zum Kampf bereit gemacht hatte. Hatte erlebt, wie es zurückgedrängt und gebrandmarkt wurde, hatte seine Gegenwehr gesehen und seinen Rückzug im Winter, verletzt, gedemütigt, entkräftet. Sie hatte vermutet, es sei gestorben. Doch das war es augenscheinlich nicht, einmal geweckt, genügte wohl ein Stupser, und es zeigte erneut die Zähne. Das ängstigte Gloria einerseits und sie versuchte, es zurückzudrängen, denn „undamenhaft" war noch das Mildeste, was man ihr deswegen vorwerfen konnte; andererseits verspürte sie dank ihm eine Stärke und Entschlossenheit, die sich gut und kraftvoll anfühlte.

„Ich bedaure, dass Sie meine Fürsorge als Einmischung empfinden", sagte Lord Lyndon seine Fassung wiederfindend und deutete eine leichte Verbeugung an. „Wie ich Lady Blythe bereits mitteilte, kann es sein, dass die Polizei, wiewohl ich ihr bereits Rede und Antwort stand, noch Fragen an Sie hat."

„Signora Wiiengfilt!"

Gloria drehte den Kopf und sah Francesca am Beginn des Ausläufers des sie umgebenden Waldes stehen, der auf die kleine Lichtung hinausragte wie eine Landzunge in einen See. Ganz offensichtlich hatte sie sich durch das Auftauchen Lord Lyndons nicht von ihrem Vorhaben abbringen lassen und war weitergegangen.

„Sie entschuldigen mich", sagte Gloria, nickte dem Viscount verabschiedend zu, hob ihren Rock und stiefelte hinüber zu Francesca.

Hier standen hohe, schlanke Zypressen; Nadelgehölz

und hellgrünes Geäst, in dem Vögel unbekümmert trällerten, umgaben sie. Der Ausläufer war nicht mehr als eine lose Baumgruppe, die den oberen Teil der Lichtung in eine linke und eine rechte Seite teilte.

Als Gloria bei Francesca anlangte, erklärte diese: „Es hat keinen Sinn, mit ihm zu streiten. Er ist herrisch und unsensibel. Ich wollte Sie von ihm befreien."

Darüber musste Gloria schmunzeln. „Danke", erwiderte sie. „Ich weiß nicht, weshalb er wissen konnte, dass wir hier sind. Und erst recht nicht, warum er meint, uns folgen zu müssen."

„Ich glaube, wir sollten auf dieser Seite nach Spuren suchen. Vielleicht hat sich Giulio gen Norden Richtung Adiege gewandt. Womöglich liegt er irgendwo im Schutz der Flussauen."

„Francesca", sagte Gloria und legte ihr sacht die Hand auf den Arm. „Erzählen Sie mir von Giulio. Und von Luigi. Mochten sie sich?"

„Sie waren Freunde. Sie sind alle befreundet. Es ist eine ganze Gruppe von jungen Männern. Manchmal sind auch Mädchen dabei, ich, Rosalinde, Silvana."

„Kannten Sie Luigi gut?"

Francesca zuckte die Schultern. „Ja", antwortete sie. „Wir sind ... waren gleich alt. Man kennt sich eben. Luigi sah gut aus. Er war mutig und kühn, hatte allerdings einen Hang zur Angeberei. Und er war jähzornig. Das mochte ich nicht an ihm."

„Und Giulio?"

„Giulio ist ein Jahr älter. Er sieht auch gut aus, nicht so schön wie Luigi, aber anders schön. Er ist immer freundlich und ... ach, er ist ein herzensguter Mensch. Er ist beliebt. Alle mögen ihn."

„Das klingt, als wären sie recht unterschiedlich.

Dennoch waren sie Freunde. Was denken Sie, weshalb sie auf den Gedanken kamen, einen Zweikampf auszutragen?"

Francesca zögerte.

Lord Lyndon ließ ein Räuspern vernehmen.

Natürlich hatte Gloria bemerkt, dass er nicht gegangen war. Langsam, seinen Schirm wie einen Gehstock benutzend, war er mit gesenktem Kopf umherspaziert als suche er einen verlorenen Knopf, und hatte sich ihnen dadurch stetig genähert. Es wäre nun gänzlich unhöflich und völlig indiskutabel gewesen, ihm einfach den Rücken zuzukehren und sich ohne ein weiteres Wort in den Wald aufzumachen. Also sah sie ihn an und sagte: „Offensichtlich haben auch Sie Gefallen am Umherwandern gefunden." Sie betonte das Wort „Umherwandern", wie er zuvor „Wanderung" betont hatte, und gestattete sich, ihm ein leicht süffisantes Lächeln zu schenken.

„Nun, ich wollte mich nicht verabschieden, ohne den Damen anzubieten, sie in meiner Kalesche mit zurückzunehmen."

„Das ist sehr freundlich von Ihnen, Lord Lyndon", antwortete Gloria. „Doch werden wir unseren Ausflug wie geplant zu Fuß fortsetzen. Haben Sie vielen Dank!"

Schon ärgerte sie sich wieder über ihn, wie er da stand und statt sie anzuschauen mit leicht zusammengekniffenen Augen an ihr vorbeistarrte, als gäbe es hinter ihr etwas weitaus Interessanteres zu sehen. Sie drehte sich um, da ging Lord Lyndon auch schon an ihr vorbei auf einen Baum zu, streckte den Kopf vor und fasste an die Rinde.

„Das ist nun in der Tat erstaunlich", bemerkte er.

Gloria trat heran und betrachtete, worauf sein Finger zeigte.

Zunächst vermochte sie außer einem Stück zerfetzter Rinde nichts Besonderes zu sehen, doch dann erkannte sie, worauf er deutete: Im Stamm steckte etwas, das graumetallisch platt aussah.

„Ach du meine Güte!", sagte Gloria. „Ist das eine Pistolenkugel?" Ihr Blick zuckte zu Francesca, die ebenfalls nähergekommen war.

„Es sieht danach aus", antwortete er und pulte mit dem Finger daran herum.

Francesca schlug die Hand vor den Mund, als wollte sie sich daran hindern aufzuschreien. Aber schon nahm sie sie wieder herunter und fragte: „Was bedeutet das?"

„Nun", sagte Lord Lyndon. „Das bedeutet, wenn dies eine Pistolenkugel sein sollte – und der Größe nach zu urteilen handelt es sich um eine – dann ..." Er hielt inne und sah Francesca, dann Gloria an. Schließlich schaute er über die Schulter zurück auf die Lichtung. Er ging einige Schritte. Kehrte zurück. Kniff die Augen zusammen und ließ den Blick am Waldrand entlangschweifen. Überlegte. Starrte auf den Baum, zurück zur Lichtung.

„Nun sagen Sie schon etwas!", forderte Gloria.

„Wir haben dort den Toten gesehen", begann er und deutete mit seinem Schirm zu der Stelle, wo Luigi gelegen hatte. „Die Kugel traf ihn in der Nähe des Herzens ..." Lord Lyndon unterbrach sich selbst und drehte sich noch einmal zum Baum um, dann sah er wieder auf die Lichtung. „Der Kopf des Toten lag in unserer Richtung. Das bedeutet, dass der Schütze dort drüben gestanden haben muss." Er zeigte mit dem Schirm in Richtung des gegenüberliegenden Waldrandes. „Er schießt also und trifft diesen Luigi tödlich. Geht man davon aus, dass dem so war – woher stammt dann die Kugel im Baum?" Er sah Gloria an. „Nun, sie könnte schon länger hier drin stecken", gab er sich selbst die Antwort, indem er sich abermals zum Baum umdrehte. „Sagten Sie nicht, dies sei ein Platz, an dem sich Duellanten treffen?", fragte er Francesca.

Die junge Italienerin nickte.

„Gut möglich, dass sie von einem anderen Zweikampf stammt."

„Doch was, wenn nicht?", fragte Gloria und spürte, wie ihr Herz heftiger schlug.

Statt einer Antwort trat Lord Lyndon nah zum Baum, beugte sich vor und roch daran. „Möglicherweise ...", begann er und drehte sich zu Gloria um. „Möglicherweise könnte der Harzfluss Aufschluss geben. Frisches Harz duftet stark – wie dieses hier. Altes wäre bereits getrocknet."

„Dann ist dieser Einschuss neu!", sagte Gloria.

„Wahrscheinlich", bekannte er. „Pistolen haben nur einen Schuss. Eine Kugel. Da wir lediglich die Waffen, nicht aber das Zubehör fanden, können wir davon ausgehen, dass jede Pistole auch nur für einen Schuss geladen war und somit einmal abgefeuert wurde. Sollte also die Kugel des verschwundenen Schützen – Giulio – diese hier sein –" Er schaute zum Baumstamm.

„Dann gab es einen dritten Schützen!", ergänzte Gloria.

„Oh mein Gott!", rief Francesca. „Ich wusste, Giulio ist unschuldig!"

„Warum ist er dann geflohen?", fragte Lord Lyndon. Er ging einige Schritte, überlegte.

Gloria sah ihm nach. Francescas Blick hing an ihm, als wäre er das Orakel von Delphi. Selbst das Gezwitscher in den Bäumen war verstummt, ganz so, als warteten auch die Vögel auf seine Antwort.

„Zwei junge Männer liefern sich einen Zweikampf“, sagte er schließlich, als er wieder bei ihnen angelangt war. „Nun gibt es zwei Möglichkeiten. Der eine denkt, er habe seinen Freund getötet, und flieht, weil er sich vor der Strafe fürchtet.“

„Giulio hätte sich dem gestellt!“, behauptete Francesca. „Er ist ein ehrenhafter Mann. Dass er verschwunden ist, kann nur bedeuten, dass er verwundet ist und Hilfe sucht.“

„Warum kam er dann nicht nach Verona zurück?“

Francesca biss sich auf die Unterlippe und sandte Gloria einen verzweifelten Blick.

„Möglichkeit zwei“, fuhr Lord Lyndon fort und deutete mit der Schirmspitze auf die Kugel im Baum. „Es gab einen weiteren Schützen, und entweder er hat Ihren Giulio in der Gewalt, weil der den Schuss gehört hat und so Zeuge war, oder sie stecken unter einer Decke. Doch wie auch immer, es ist jedes Mal Mord.“

Nun schrie Francesca wirklich auf.

Gloria starrte Lord Lyndon an. Es klang logisch, überlegt, kühl, wie er das alles darlegte. Aber er hatte recht. Wenn diese Kugel im Baum von Giulios Waffe stammte, dann hatte ein anderer Luigi erschossen. Und Giulios Verschwinden war in einem neuen Licht zu sehen. Mehr denn je rückte die Möglichkeit näher, dass er in Gefahr war.

„Wir müssen sie herausholen und mitnehmen“, sagte sie. „Die Polizei muss das erfahren.“ Kurz entschlossen nahm Gloria eine Hutnadel und kratzte an dem eingedrungenen Geschoss herum. Doch das führte lediglich dazu, dass sie sich den Fingernagel umbog und einen kleinen Schmerzensschrei ausstieß.

„Warten Sie, Signora Wiiengfilt", sagte Francesca und förderte plötzlich ein hübsches kleines Stilett zutage.

„Sie haben einen Dolch?", rief Gloria verwundert.

„Si", antwortete Francesca und fügte leicht verlegen an: „Viele Frauen tragen eine kleine Waffe bei sich. Zum Schutz."

„Nun, das ist ungewöhnlich, doch in unserem Falle augenblicklich hilfreich", gab sich Lord Lyndon praktisch. „Darf ich?"

Francesca reichte ihm die Waffe.

Nach einer Weile des Bohrens und Kratzens – wobei er ungebührlich laut Luft ausstieß – hatte er es geschafft und hielt das plattgedrückte kleine Geschoss hoch.

„Mir kommt da ein Gedanke", sagte Gloria beim Betrachten der verformten Kugel. „Könnte man nicht dieses Geschoss mit den Pistolen zusammenbringen, die wir fanden? Könnte man dann nicht feststellen, ob dieses Kaliber zu den Pistolen passt?"

Lord Lyndon schaute sie verwundert an. „Ein interessanter Gedanke, Lady Wingfield. Aber das genaue Kaliber wird man wohl nur sehr schwer bestimmen können. Höchstens näherungsweise anhand des Geschossgewichts. Jedoch hat die Kugel beim Aufschlag womöglich Blei verloren. Andererseits kann man natürlich dicke und kleine Kaliber auf den ersten Blick voneinander unterscheiden."

Gloria streckte fordernd die Hand aus. „Dann sollten wir sie zur Polizei bringen und ihr dies vorschlagen", sagte sie.

Lord Lyndon zog die Augenbrauen in die Höhe, nahm das Einstecktuch aus der Brusttasche seines Gehrockes und wickelte den Fund hinein. „*Ich* werde es der Polizei überbringen."

„Dann komme ich mit!“, erklärte Gloria.

„Das werden Sie nicht.“

„Warum nicht?“

„Warum nicht?“

„Nennen Sie mir einen Grund, warum ich nicht mitkommen sollte.“

„Eine Lady sollte sich mit derlei Dingen nicht belasten. Außerdem haben die Polizisten heute Morgen mit mir gesprochen. Sie kennen mich.“

„Ich möchte wissen, was die Polizei zu der Kugel sagt!“

Er überlegte einen Augenblick, dann räumte er ein: „Das kann ich Ihnen ja mitteilen.“

„Wann?“

Gloria erkannte sein verzweifeltes Bemühen, angesichts ihrer Beharrlichkeit nicht die Geduld zu verlieren, denn er senkte kurz den Blick, seine Nasenflügel bebten und die Narbe unter seinem Auge zuckte.

„Nun gut, da Sie ja offenbar nicht davon abzubringen sind, mache ich folgenden Vorschlag: Ich empfehle mich zum Dinner und gebe Ihnen damit Gelegenheit, mich mit Fragen zu löchern. Um acht Uhr spreche ich in Ihrem Hotel vor.“

Gloria ließ sich ihre Überraschung nicht anmerken. Auch nicht, dass sie sich schon wieder über die selbstgefällige Arroganz ärgerte, mit der er sprach, und über die Ironie, die seine Worte wie ein Zugeständnis an die Flausen eines Kindes klingen ließen, dem man um des Friedens willen nachgab.

Aber sie setzte ein höflich zustimmendes Lächeln auf und bestieg wenig später zusammen mit Francesca Lord Lyndons Kalesche.

Kapitel 9

„Das werden Sie nicht", äffte Gloria den Tonfall Lord Lyndons nach, während sie im Zimmer ihrer Tante auf und ab ging. „Wofür hält er sich? Für den Sheriff von Nottingham?"

„Kindchen, du siehst erhitzt aus."

„Er will das unbedingt alleine erledigen. Lieber Gott, er ist so steif und überheblich, dass es einen graust!"

„Nun höre doch endlich auf, derart im Zimmer umherzustapfen! Mir wird ganz schwindelig davon. Eine solche Angelegenheit ist Sache der Herren, und der Viscount tut lediglich seiner Pflicht als Gentleman Genüge.Es kann keinen Zweifel daran geben, dass du dies ebenso gut weißt wie ich, und daher kann ich deine Aufregung nicht verstehen."

„Ich brenne darauf zu erfahren, wie die Polizei es aufnimmt, dass wir eine Kugel fanden."

„Aber du sagtest doch, dass er sich bereit erklärte, dir darüber Auskunft zu geben."

„Es hatte den Anschein, als würde er sich dazu herablassen, mit uns zu dinieren, um mir diesen Wunsch zuzubilligen."

„Nun, das kann ich natürlich nicht beurteilen, doch ..." Tante Jo unterbrach sich selbst und sah Gloria eindringlich an.

Gloria blieb stehen und erwiderte den Blick. „Was?"

„Mir scheint, du reibst dich über die Maßen an ihm. Natürlich ist er nicht besonders sympathisch – doch bist du dir sicher, dass du das *wirklich* ebenso empfindest?"

„Was willst du damit andeuten?"

„Es ist nicht selten schon vorgekommen, dass zwei sich *vermeintlich* unausstehlich finden, in Wahrheit jedoch Gefallen aneinander haben, dies aber nicht zugeben wollen. Oder können."

„Wie kannst du nur so etwas sagen, Tante Jo!" Gloria begann wieder, hin und her zu gehen, blieb dann jedoch mit einem Ruck vor ihrer Tante stehen und ergänzte: „Wo du ganz genau weißt, wie es in mir aussieht!"

„Du hast einiges durchgemacht. Doch das ist ein Jahr her und diese Reise unternehmen wir hauptsächlich um deines Seelentrostes willen. Ich könnte Mr. Gray-Bartholomew schreiben und ihn bitten, Auskünfte über Lord Lyndon einzuholen. Womöglich ändert sich deine Haltung, wenn ..."

„Ich bitte dich, Tante Jo!", unterbrach Gloria ihre Tante. „Deinen Anwalt brauchst du nun wirklich nicht mit derlei zu behelligen! Du glaubst doch nicht im Ernst, dass ich Interesse an Lord Lyndon habe! Du weißt, wem mein Herz gehört."

„Aber der, dem dein Herz gehört, ist tot, mein Liebes."

Gloria wandte sich ab und bedeckte das Gesicht mit den Händen. Im letztgesagten Satz ihrer Tante hatte so viel Liebe und Mitgefühl mitgeschwungen, dass sie nahe daran war, in Tränen auszubrechen.

„Bitte verzeih, wenn ich dich aufgewühlt habe, Kind!“, hörte sie ihre Tante sagen.

Gloria nahm die Hände herunter und drehte sich zu ihr um. Tante Jo lächelte sie an. „Komm her“, sagte sie und streckte die Arme nach ihr aus.

Gloria eilte zu ihr und sank zu ihren Füßen nieder, bettete den Kopf in ihren Schoß. Tante Jo strich ihr übers Haar und sagte: „Der Schmerz wird vergehen.“

„Ich vermisse ihn jeden einzelnen Tag.“

„Ich weiß, mir ging es anfangs mit meinem guten George genauso.“

Gloria hob den Kopf. „Wie lange hat es gedauert?“, fragte sie.

Tante Jo sah über ihren Schopf hinweg auf einen Punkt an der Zimmerwand und antwortete: „Nach einigen Monaten gewöhnt man sich daran. Und dann, irgendwann ...“, ihre Hand fuhr unbestimmt durch die Luft, „... merkt man, dass man sich nicht mehr dafür schämt, wenn man einmal lacht, und es wird leichter. Man wird denjenigen niemals vergessen, natürlich nicht. Doch es tut nicht mehr so weh.“

Gloria hatte die Arme auf Tante Jos Schoß übereinandergeschlagen und stützte ihr Kinn darauf. Nach einem kurzen Augenblick des Schweigens sagte sie: „Ich denke, ich weiß, warum ich Francesca unbedingt helfen will.“

„Ich weiß es ebenso, auch wenn ich zur Vorsicht mahne und dir zurede, diese Sache den Fachleuten zu überlassen. Ich wusste es von jenem Augenblick an, als ich das Wort ‚Duell‘ hörte und das verzweifelte Gesicht dieses Mädchens sah.“

Gloria hob den Blick zu ihrer Tante. „Ich konnte Nicks Tod nicht aufklären. Niemand glaubte mir, dass das

Duell eigentlich ein kaltblütig geplanter Mord gewesen war. Die ehrwürdigen Herren halten zusammen und ich habe mir nicht nur Feinde, sondern mich in deren Augen auch lächerlich gemacht."

Tante Jo nickte. „Ich weiß, mein Liebes."

„Aber hier kann ich vielleicht etwas ausrichten. Von Anfang an schien mich etwas mit Francesca zu verbinden. Und sie sagt, die hiesige Polizei würde auf eine englische Lady hören."

„Das sagt sie. Ob es sich wirklich so verhält, bleibt abzuwarten. Weshalb es umso löblicher ist, dass Lord Lyndon es als seine Pflicht ansieht, den Gang zur Polizei zu übernehmen."

„Ich habe ihr Mut gemacht. Habe ihr gesagt, dass, wenn Giulio unschuldig ist, wir dies herausfinden. Wenigstens ihr will ich helfen, Tante Jo."

Ihre Tante sah sie an, ein langer Blick voll Güte und Liebe, und sagte: „Und indem du diesem Mädchen hilfst, hilfst du dir selbst. Es wird deine Seele heilen – und das spürst du im Grunde deines Herzens." Sie lächelte. „Und soll ich dir noch etwas sagen?"

Erwartungsvoll blickte Gloria in das weiche, alte, rosige Gesicht ihrer geliebten Großtante, die ihr nicht nur im vergangenen Jahr, sondern bereits vor drei Jahren, als ihre Eltern bei jenem schrecklichen Eisenbahnunglück ums Leben kamen, beigestanden hatte. „Ja?", fragte sie.

„Ich muss gestehen, dass auch ich diese Angelegenheit inzwischen recht spannend finde. Zwei sich duellierende Männer, der eine tötet den anderen und ist verschwunden, und seine Verlobte ist verzweifelt – fast wie bei Romeo und Julia!" Sie schmunzelte.

„Aber hast du nicht zugehört? Unser heutiger

Fund legt nahe, dass eben der eine den anderen *nicht* tötete!"

Tante Jo winkte ab. „Gleichwie, nun steh auf und lass uns noch ein wenig an der Etsch spazieren gehen, bevor wir uns zum Dinner umkleiden. Ich habe Helena auf sechs Uhr bestellt."

Kapitel 10

„Bab-bala-ba-bap“, machte Kaufmann Fromm und blähte, die Arme auf dem Rücken verschränkt und auf den Fußballen wippend, die Wangen.

Gloria blickte amüsiert zu ihm hin. Er stand zwischen ihr und Tante Jo im Hotelfoyer und schaute wie sie selbst den Gästen zu, die in Abendtoilette zum Dinner schlenderten. Obwohl es draußen noch hell war, brannten bereits die Gaslampen; sie waren gut platziert und ihr Licht setzte Farbakzente, gelb und warm, und schimmerte auf Colliers und Armbändern. Aus dem Speisesaal am anderen Ende der Eingangshalle hörte man die zarten Töne eines Streichquartetts. Es spielte Vivaldi.

Nachdem ihre Tante in Gesellschaft des Kaufmanns die Arena erkundet hatte, konnte sie dessen Angebot, das Dinner gemeinsam einzunehmen, schlecht ausschlagen, und so hatte man sich im Foyer verabredet. Gloria hatte den Eindruck, dass der Kaufmann enttäuscht darüber war, die Damen mit einem weiteren Herrn teilen zu müssen. Jedenfalls hatte seine Miene neben der zu erwartenden Überraschung Ernüchterung ausgedrückt, als sie ihm mitgeteilt hatte, dass man noch auf Lord Lyndon warte, der sich ihnen zum Dinner anschließen wolle.

Natürlich hatte Tante Jo Gloria ausführlich darüber berichtet, wie Lord Lyndon am Morgen kurz nach ihrem Weggang vor dem Hotel aufgetaucht war und wie Kaufmann Fromm gesagt hatte, er habe „Duellplatz“ verstanden. Sie habe ihm zwar versichert, dass er sich verhört haben musste, aber leider hatte er es da bereits in Anwesenheit Lord Lyndons ausgeplaudert.

„Nun, ich hoffe, Ihre Besorgungen waren erfolgreich?“, richtete Herr Fromm das Wort an Gloria. „Sie taten recht daran, sich eine einheimische Führerin zu nehmen. Das Mädchen scheint Ihnen bereits gestern seine Dienste angetragen zu haben? Durchaus verwunderlich, wenn man bedenkt, in welchem Zustand die Kleine war, als wir ihr begegneten.“ Er schenkte Gloria ein väterliches Lächeln, das sie mit einem leichten Neigen des Kopfes erwiderte.

„Natürlich kann ich Ihnen ebenfalls Orte für Ihre Einkäufe nennen, verehrte Lady Wingfield, immerhin habe ich einen Geschäftspartner in dieser Stadt, dessen Ruf der allerbeste ist.“

„Natürlich“, lächelte Gloria unverbindlich.

„Feinste Seidenstoffe finden Sie bei Rinaldo&Söhne.“

„Gewiss doch!“ Gloria fächerte sich Luft zu, denn der Kaufmann war eingehüllt in eine Parfümwolke, die ihr den Atem nahm. „Vielleicht kommen wir darauf zurück.“

„Jederzeit, Mailäidi.“

Eine bezaubernde junge Frau in einem schwarzen Seidenkleid mit malvenfarbenem Einsatz streckte einem ebenso hübschen jungen Mann, der am Empfang wohl noch etwas geregelt hatte, erwartungsfroh den Arm entgegen, und als er ihn lächelnd nahm und die beiden an ihnen vorübergingen, schenkte sie Gloria ein glückseliges Lächeln.

Tante Jo schien dies bemerkt zu haben, denn sie sagte: „Diese Julia hat ihren Romeo gefunden."

„Wie meinen?", fragte der Kaufmann verdutzt, der zum Eingang gesehen und das junge Paar nicht bemerkt hatte.

„Nichts weiter, mein Bester", antwortete Tante Jo und schlug ebenfalls den Fächer auf.

Der Kaufmann wippte einmal auf und ab und fragte: „Wissen die Damen schon, was sie morgen ansehen werden? Die Skaligergräber in der Kirche Santa Maria Antica möglicherweise? Über dem Portal der Kirche befindet sich der äußerst eindrucksvolle Sarkophag des Can Grande della Scala. Wirklich sehr sehenswert, vielleicht darf ich ..."

Tante Jo unterbrach ihn, indem sie ihren Fächer zuklappte und ihn damit sanft am Arm berührte. „Verzeihen Sie, Verehrtester, aber ich glaube, da kommt unser zweiter Begleiter."

Herr Fromm schaute zur Tür und murmelte: „Ja, selbstverständlich!"

Gloria schmunzelte Tante Jo hinter seinem Rücken rasch zu, ehe auch sie zum Hoteleingang hinübersah. Kurz nahm es ihr den Atem, ja, das tat es tatsächlich, denn Lord Lyndons Erscheinung war überaus eindrucksvoll. Der schwarze Frack betonte seine schlanke, wohlgestalte Figur, der Zylinder saß perfekt auf seinem dunkelbraunen, leicht gelockten Haar, und – und das überraschte Gloria *wirklich* – als hätten sie es verabredet, trug er im Knopfloch eine blaurote Rose, ganz ähnlich wie jene, die als Zier aus Tüll und Spitzen ihr Dekolleté sowie ihre

Taille rahmten. Er schwang einen Stock mit silbernem Knauf, blickte suchend umher, erspähte sie und kam auf sie zu.

„Mylady Blythe!“, grüßte er und verneigte sich vor ihrer Tante, die ihm die Hand zum Kuss hinhielt.

Formvollendet waren auch Diener und Handkuss für Gloria. „Mylady Wingfield!“

„Es ist uns eine Freude, dass Sie sich uns anschließen, Sir Lyndon“, sagte Tante Jo, während er dem Kaufmann die behandschuhte Hand reichte.

„Mit Vergnügen“, erwiderte er, und tatsächlich zeigte sich ein kleines Lächeln auf seinem Gesicht.

Das ist das erste Mal, dass ich ihn lächeln sehe, dachte Gloria, und bemerkte erstaunt, dass sie fand, das stünde ihm ganz ausgezeichnet.

„Sie sehen entzückend aus, Lady Wingfield. Ich darf mir erlauben?“ Er reichte ihr den Arm, woraufhin sie ihre Hand darauflegte, ihm zulächelte und an seiner Seite zum Speisesaal schritt.

„Und sollte man nicht nach dem Grund fragen, warum sich die Stimmung an einem kameradschaftlichen Abend unter Männern plötzlich änderte, Lord Lyndon? Auch wenn ich darüber im Bilde bin, was Alkohol anrichtet, ist diese Frage doch interessant, meinen Sie nicht?“

Nach höflicher Eingangskonversation über Kunst und die Antike, über Italien im Allgemeinen, Verona im Speziellen und die Vorzüglichkeit ihrer jeweiligen Hotels war Tante Jo das Opfer von Kaufmann Fromms weitschweifigen Ausführungen geworden. Ohne Punkt und Komma betete er Sehenswürdigkeiten, Jahreszahlen und Namen herunter, und so ergab es sich, dass sie mit Lord

Lyndon zu jenem Thema übergewechselt war, dem sie ihre Bekanntschaft verdankten.

„Wie kommen Sie darauf?“

„Weil es einen Grund geben muss“, erwiderte sie, lächelte ihn an und griff nach ihrem Weinglas. Sie nahm einen Schluck Weißwein, stellte das Glas behutsam wieder ab und sah Lord Lyndon abermals an. Zufrieden stellte sie fest, dass sich Neugier in seinen Augen zeigte.

„Ich habe Francesca gefragt, was ihrer Meinung nach dazu geführt haben könnte, dass zwei Freunde einen Zweikampf austragen.“ Gloria lächelte freundlich zu dem jungen Paar von vorhin hinüber, das am Nebentisch saß, und zögerte damit das, was sie sagen wollte, absichtlich ein wenig hinaus. Sie bemerkte einen Anflug von Ungeduld bei ihrem Gegenüber und genoss es, ihn auf die Folter zu spannen. Er hatte es sich selbst zuzuschreiben! Er hatte sie zuvor ebenfalls zappeln lassen. Auf ihre Frage, was die Polizei denn nun um Himmels willen zu der dritten Kugel gesagt hatte, hatte er sie mit der knappen Information abgespeist, dass man der Ansicht sei, die könne schon länger dort im Baum gesteckt haben. Doch man ginge dem, was er anhand der Sachlage vor Ort dargelegt habe, nach. Allerdings sei anzunehmen, dass dieser Giulio seinen Freund erschossen habe, da er noch immer flüchtig sei, was sehr für ihn als Täter spräche. All das hatte er zudem so langsam und leise erläutert, dass sie sich hatte vorbeugen müssen, um ihn zu verstehen. Das hatte sie ebenfalls geärgert, auch wenn sie begriff, dass er wohl deshalb so leise sprach, damit der Kaufmann keine unnötigen Fragen stellte.

„Und was hat Francescas Meinung nach dazu geführt?“, fragte Lord Lyndon.

Gloria nahm betont langsam erst einen Bissen Kalbsleber (eine Spezialität der Region, die der Kellner ihr empfohlen hatte, Fegato alla veneziana, hauchdünne Kalbsleber mit Zwiebeln geschmort). Sie machte „Hm, wirklich köstlich!", kaute, schluckte, und gerade in dem Augenblick, als Lord Lyndon erneut das Wort ergreifen wollte, fuhr sie mit bewusst lieblichem Lächeln fort: „Francesca kam nicht dazu, es mir zu sagen. Sie zögerte einen Augenblick und dann – verzeihen Sie, wenn ich dies sage, Lord Lyndon –, dann zerstörte Ihr Erscheinen jene einvernehmliche Stimmung zwischen ihr und mir, die es ihr erlaubt hätte, vertraulich zu antworten. Und die es mir erlaubt hätte, ihr behutsam weitere Fragen zu stellen."

Er starrte sie an, als hätte er Mühe zu begreifen, was sie soeben gesagt hatte, und fragte: „Sie wollen damit andeuten, das Mädchen wisse oder ahne etwas, das die Sachlage erhellen könnte?"

„Aber natürlich. Sie ist mit Giulio verlobt und sie kannte Luigi. Sie kennt die ganze Clique. Francescas Beschreibung nach neigte Luigi zu Angeberei und war jähzornig. Giulio hingegen war herzensgut und beliebt. Dennoch zielte er mit einer geladenen Pistole auf seinen Freund. Warum? Das ist es, Lord Lyndon, was wir herausfinden müssen."

„*Wir*?!" Seine Augen in diesem seltsamen Braun, in dem ein violetter Schimmer mitzuschwingen schien, vor allem in diesem Kerzen- und Gaslicht, blickten sie fassungslos an. „Sie wollen damit doch nicht sagen, Sie gedächten, sich weiterhin in diese Angelegenheit einzumischen?"

„Aber von Einmischung kann überhaupt keine Rede sein!" Sie hatte mit seinem Unverständnis ebenso gerechnet wie mit seinem Widerstand. Daher sagte sie gefasst: „Francesca bat mich um Hilfe. Ich werde ihr meinen schwesterlichen Beistand nicht verwehren."

„Wie bitte? Ich kann Sie nur dazu auffordern, Abstand von einem solchen Vorhaben zu nehmen! Was wollen Sie denn ausrichten? Das ist Sache der hiesigen Polizei!"

„Ich werde noch einmal mit Francesca sprechen. Und ich werde der Familie des Toten einen Kondolenzbesuch abstatten."

„Aber das ist doch Unsinn!" Lord Lyndon hatte die Stimme erhoben, weshalb ihnen sowohl ihre Tante als auch Kaufmann Fromm die Köpfe zudrehten.

„Lord Lyndon kann nicht verstehen, weshalb wir unsere gesamte Italienroute mit Kutschen statt mit der Eisenbahn bestreiten", log Gloria deshalb und lächelte ihrem Tischnachbarn zu. An Lord Lyndon gewandt sagte sie: „Nennen Sie es eine weibliche Grille."

„Auch ich ziehe zuweilen Kutschen der Eisenbahn vor", erklärte der Kaufmann. „Aber letztlich muss man sagen, dass die Eisenbahn durchaus komfortabler ist. Von schneller ganz zu schweigen." Er schien bemüht, das Gespräch wieder gemeinsam mit ihr und dem Viscount zu führen, doch Tante Jo sagte: „Das hat seine Gründe", untergrub damit sein Ansinnen und lenkte seine Aufmerksamkeit wieder auf sich, als sie anfügte: „Aber wo waren wir stehen geblieben, Sie waren im Begriff, etwas über die einst strategisch wichtige Lage Veronas und die Festungsbauten aus österreichischer Zeit zu erzählen."

„Äh, ja, natürlich", antwortete der Kaufmann und widmete sich wieder ihrer Tante.

„Lady Wingfield", mahnte Lord Lyndon mit deutlich gesenkter Stimme. „Ihr schwesterlicher Beistand in allen Ehren, aber ich glaube nicht, dass es irgendeinen Nutzen hat, wenn Sie sich in Dinge einmischen, die Sie nicht verstehen."

„Oh, ich verstehe von manchem allerlei", entgegnete Gloria nebenhin. „Zum Beispiel davon, dass das Auftauchen einer dritten Kugel, wie Sie selbst einräumten, den Gedanken an einen weiteren Schützen nahelegt. Oder davon, dass Giulio womöglich in Gefahr ist."

Lord Lyndon lachte ein kleines abfälliges Lachen. „Ich sagte Ihnen bereits, dass dieser ... dieser Giulio es hätte hören müssen, wenn ein weiterer Schuss fiel."

„Was, wenn es genauso war? Giulio hörte einen weiteren Schuss, erkannte den Schützen. Dieser entführte ihn, um zu verhindern, dass er ihn verriet."

„Bitte verzeihen Sie mir, aber ich glaube, Sie lesen zu viele Romane."

Gloria überhörte seinen Einwand. „Der Schlüssel zu dem Rätsel, wo Giulio abgeblieben ist, liegt in der Geschichte selbst."

„Das ist töricht, und das wissen Sie. Ein dritter Schütze hätte Giulio lediglich ebenfalls töten müssen, um ihn als Zeugen los zu sein."

„Oh, ich habe die Erfahrung gemacht, dass Männer gerne Dinge, die sie nicht verstehen und die Frauen für sinnvoll erachten, als töricht bezeichnen", schoss sie zurück. „Waren es nicht Sie selbst, der auf die Tatsache hinwies, dass Pistolen nur einen Schuss abfeuern können? Wie also sollte ein möglicher dritter Schütze zwei Männer mit nur einer Kugel töten?" Sie starrte ihn herausfordernd an. Es hatte keinen Sinn, weiter mit ihm zu debattieren. Er hieß ihr Verhalten nicht gut, und er würde es noch in hundert Jahren nicht gutheißen. Gloria hatte damit gerechnet. Trotzdem ärgerte es sie, auch wenn sie wusste, dass nur sie selbst (und Tante Jo natürlich) die Beweggründe kannte, die sie dazu bewogen, Francesca beizustehen.

Lord Lyndon, für einen Augenblick ganz offensichtlich irritiert von ihrer harschen Antwort sowie deren Logik, fasste sich wieder und entgegnete: „Offenbar kann kein vernünftiges Argument Sie von Ihrer Ansicht abbringen. Trotzdem plädiere ich erneut dafür, dass Sie Ihr Vorhaben sein lassen."

„Bisher habe ich kein vernünftiges Argument gehört. Sie widersprechen mir lediglich." Sie zwang sich zu einem Lächeln. „Vielleicht sollten wir daher dieses Thema fallen lassen und lieber wieder über die Schönheiten Italiens plaudern."

Kurz nur blitzte in seinen Augen erneut Irritation auf, eine leise Erregung, die Gloria eigentümlich berührte. Vielleicht verbarg sich hinter seiner kühlen, besserwisserisch zur Schau gestellten Besonnenheit ja doch so etwas wie ein verständnisvoller Geist? Jemand, der wusste, dass auch Frauen einen Verstand haben, den sie benutzen. Jäh traf sie der Schmerz bei diesem Gedanken und sie musste den Blick senken. Nicholas, mein geliebter Nick, du warst ein solcher Mann. Du hast zugehört, wenn ich etwas sagte, und wir haben miteinander geredet.

„Im Salon wird eine Abendunterhaltung geboten", hörte sie Tante Jo sagen und blickte auf. Dabei nahm sie aus dem Augenwinkel etwas wie fürsorgliche Nachdenklichkeit bei ihrem Gegenüber wahr, was sie noch mehr aus der Fassung brachte.

„Ein Klavierspieler aus Venedig ist zu Gast", ereiferte sich Herr Fromm.

„Und es sollte mich nicht wundern, wenn man nicht auch eine Partie Bridge spielen könnte. Was meinen Sie, Lord Lyndon, wollen Sie sich uns nicht anschließen?"

„Nun“, antwortete Lord Lyndon und warf Gloria einen raschen Blick zu, als suchte er zu ergründen, was sie von diesem Vorschlag hielt. „Wenn es den Damen genehm ist, schließe ich mich gerne an.“

„Wunderbar!“, befand Tante Jo und machte Anstalten aufzustehen.

Lord Lyndon erhob sich rasch, um ihr behilflich zu sein. Kaufmann Fromm warf seine Serviette hin und bot seinerseits Gloria den Arm. Sie verließen den Speisesaal, und als sie im Foyer anlangten, sagte Gloria: „Bitte entschuldigen Sie mich einen Augenblick. Ich komme sofort nach.“

Tante Jo tätschelte ihr den Arm und antwortete: „Sicher, Liebes. Bis gleich.“

Sie brauchte einen Moment Ruhe. Einen Augenblick für sich.

Sie trat auf die Terrasse hinaus, ging hinüber zur hüfthohen, steinernen Brüstung und blickte in die Dunkelheit des Hotelgartens. Hier und da flackerten Lichter und setzten Akzente, erhellten den Weg zum Pavillon und die Stämme der Palmen, die in ihrem Schein aussahen wie kauzige Gnome, die Wache standen.

Gloria atmete tief die milde Sommerabendluft, um ihr aufgewühltes Herz zu beruhigen. Die Erinnerung an Nicholas hatte Emotionen geweckt, das Verhalten Lord Lyndons – so gegensätzlich zu seinem unerwartet einfühlsamen Blick – sie aufgewühlt. In diesem Zustand mochte sie ihm nicht am Bridgetisch gegenübersitzen. Sie wollte sich sammeln, um ihm mit der gebotenen Beherrschung zu begegnen.

Sie blickte auf die Lichtpunkte im Garten und dachte an Nicholas. Wie er herausgefunden hatte, dass

Onkel Swithberts Geschäfte unlauter waren, seine Transaktionen kriminell. Dass ihr Onkel sie um jenes Geld bringen wollte, mit dem sie die Gründung des Frauenbildungsvereins finanzieren wollte. Nick hatte es schon länger geahnt, doch erst, als er wirklich sicher war, hatte er es ihr zartfühlend mitgeteilt. Er hatte ihre Angst aufgefangen und ihren Zorn. Er hatte sie getröstet wie damals nach dem Tod ihrer Eltern. Er war ihr Ein und Alles gewesen, hatte ihr zugehört und sie ermuntert, hatte alles mit ihr besprochen, sowohl das, was für sie beide von Belang war, als auch allgemeine Themen. Er wollte ihre Meinung wissen und sich mit ihr austauschen. Sie vermisste ihn, vermisste seinen Scharfsinn und seinen Witz, seine Heiterkeit, seine Offenheit, seine Fortschrittlichkeit ...

Jäh zuckte sie zusammen, ein Schatten, eine Bewegung – eine Katze sprang auf die Brüstung. „Gott, hast du mich erschreckt!“, flüsterte Gloria dem Tier zu, das mit hoch aufgerichtetem Schwanz auf sie zu tapste und zur Begrüßung ein leises Miauen hören ließ. Das Kätzchen stieß den Kopf an ihre ausgestreckte Hand und begann zu schnurren. Gloria streichelte das Köpfchen, das sich in ihre Hand schmiegte. Sie war gerührt. „Du verstehst mich, nicht wahr?“, flüsterte sie. „Wenn man einmal einen solchen Mann gekannt hat, ihn geliebt hat und von ihm wiedergeliebt wurde, wie, bitte sag mir das, Kätzchen, wie soll man sich je mit einem abfinden, der einem nicht zuhört und der seine eigene Meinung für das Maß aller Dinge hält, wie Lord Lyndon es tut? Der einen behandelt wie ein unwissendes Mädchen? Ich weiß, er ist ja nur eine Reisebekanntschaft, die mich nicht weiter zu kümmern braucht. Ich kann ihm aus dem Weg gehen, es muss nicht einmal eine wie auch immer geartete

Annäherung stattfinden. Ja, Kätzchen, das ist alles wahr. Und trotzdem bin ich darüber wütend, dass er wie die meisten Männer meint, meine Ansichten kritisieren und mir Vorschriften machen zu müssen. Und ich bin umso trauriger darüber, dass ich den Einen verlor, der verständnis- und liebevoll war."

So schnell, wie es gekommen war, huschte das Kätzchen nun auch wieder fort. Es sprang von der Brüstung auf die Terrasse, und Gloria drehte sich um, um ihm nachzuschauen.

Ihr Blick fiel auf die offen stehende Terrassentür, wo sich soeben das entzückende Pärchen vom Nachbartisch beim Herauskommen seitlich an den linken Flügel drückte, um einen hineineilenden Herrn durchzulassen.

Kapitel 11

Alexander Lyndon saß im Frühstückszimmer des Grand Hôtel de Londres und stocherte in seinem Rührei, das diese Italiener einfach nicht so zuzubereiten vermochten wie seine Köchin in Loughborough House.

Er hatte schlecht geschlafen, wahrscheinlich auch schlecht geträumt, wenn er sich auch, Gott sei es gedankt, an keinen Traum erinnerte. Zwischen zwei Bissen sah er aus dem Fenster in einen grauen Morgen. Dunst und Nieselregen in Italien, wer hätte das gedacht. Und irgendwie passte das Wetter zu seiner Stimmung. Warum diese so trübsinnig war, schob er auf die unruhig verbrachte Nacht. Aber er ahnte, dass es auch mit dem zu tun hatte, was er gestern Abend unfreiwillig auf der Terrasse des Colomba d'Oro gehört hatte. Es ging ihm seit dem ersten Augenaufschlag am Morgen im Kopf herum.

Lady Wingfield hatte also ihren Mann verloren und trauerte um ihn. Das war das eine. Dass er Worte gehört hatte, die gar nicht an ihn gerichtet waren, war eine ungeheure Peinlichkeit. Die sich noch steigerte – und das war das zweite – durch jene Ansichten, die sie über ihn geäußert hatte. Er hielt also die eigene

Meinung für das Maß aller Dinge? Behandelte sie wie ein dummes Mädchen? Es wäre eigentlich rechtschaffen, sich über eine solch anmaßende Sicht seiner Person zu echauffieren, denn sein Verhalten war tadellos, einem Gentleman angemessen und absolut achtbar. Aber er echauffierte sich nicht, und das irritierte ihn. Er hatte noch jetzt ihre Stimme im Ohr, die keineswegs bösartig urteilend geklungen hatte, sondern die sich vor Enttäuschung, Wut und gleichermaßen Trauer tief und gefühlvoll angehört hatte. Das hatte ihm einen Einblick in ihren Charakter gestattet, den er nicht beabsichtigt hatte. Der zudem völlig unstatthaft war. Man war schließlich nur eine *Reisebekanntschaft,* wie sie so treffend bemerkt hatte.

Grundgütiger Himmel, weshalb war er ihr überhaupt nachgegangen? Er war ihr gefolgt, weil er dachte – ja, was hatte er eigentlich gedacht? Dass er noch einmal auf sie einwirken sollte, damit sie dieses unsinnige Vorhaben, von dem sie so überzeugt war und das sich wahrscheinlich aus romantischen Vorstellungen speiste (womöglich Romeo und Julia, lachhaft!), bleiben ließe? Er wusste es nicht mehr. Er erinnerte sich lediglich daran, dass er sie zur Terrassentür hatte gehen sehen. Das hatte ihn überrascht, denn er hatte angenommen, sie wolle nur die Räume für Damen aufsuchen, bevor sie sich zum Spiel niederließen. Unwillkürlich hatten ihn seine Schritte ebenfalls zur Terrasse geführt.

Es war ihm anschließend unmöglich gewesen, zu einer Bridgepartie zu bleiben, weshalb er sich rasch von Lady Blythe und dem österreichischen Kaufmann verabschiedet hatte. Mit der Bitte, ihn bei Lady Wingfield zu entschuldigen. Natürlich war Lady Blythe überrascht gewesen, doch er hatte etwas von geschäftlichen

Angelegenheiten gemurmelt, die keinen Aufschub duldeten, und war gegangen, noch ehe Lady Wingfield zurückkehrte. Eine Begegnung wäre zu peinlich gewesen, auch wenn er nicht davon ausging, dass sie ihn bemerkt hatte. Aber mit diesem einseitigen Wissen hätte er unmöglich ihr gegenüber am Tisch sitzen können.

Natürlich musste und würde er das Gehörte aus seinem Gedächtnis streichen. Das war unabdingbar. So man sich noch einmal begegnete – und da er den Ladies seine Hilfe angetragen hatte, war davon auszugehen –, bot die Etikette einen sicheren Rahmen. Er würde die Sache vergessen und nicht im Traum daran denken, sie darauf anzusprechen. Diese Gedanken beruhigten ihn.

Dann drängten sich andere hinein.

Hatte er je mit seiner Ehefrau Jane eine solche Vertrautheit erlebt, wie Lady Wingfield sie mit ihrem offensichtlich kürzlich verstorbenen Ehemann genossen hatte? Verstörend, sich einer solchen Frage ausgesetzt zu sehen, zumal Jane ihn vor vier Jahren verlassen hatte, um mit einem Tänzer des russischen Balletts nach Paris zu gehen. Aber er war sich undeutlich bewusst, dass die Trauer in Lady Wingfields Stimme an seiner eigenen Trauer gerührt hatte, die er sorgsam unter Verschluss hielt und die seinerzeit kurz aufgetaucht war, nachdem die Gefühle von Ohnmacht und Wut verraucht waren. Damals hatte er nach außen hin selbstverständlich Haltung bewahrt. Er hatte Jane ziehen lassen. Sie waren geschieden worden. Er hatte sich nichts vorzuwerfen.

Auch bezüglich Charlotte nicht, die eine Weile danach seine Geliebte geworden war. Dennoch hatte auch sie ihn verlassen, vor einem Jahr, passenderweise zum fünfzigsten Thronjubiläum Ihrer Majestät, als alle Welt – Vertreter der neuen, selbst regierten Herrschaftsgebiete und Gouverneure aus den Kolonien, indische Radschas, afrikanische Häuptlinge – in London zu Gast war und feierte.

Keine der beiden Frauen war gestorben wie Lady Wingfields Mann, dennoch empfand er augenblicklich ein ähnlich starkes Gefühl von Verlust, und das war verstörend.

Er straffte die Schultern und hielt dagegen.

Er war in den besten Jahren, besaß eine ausgezeichnete Erziehung, ein einträgliches Gut bei Loughborough in Leicestershire, etwas Land mit Schafzucht in Wiltshire, Wertpapiere in einigen industriellen Unternehmen sowie Eisenbahnaktien. Er war Mitglied des Oberhauses (wenn er auch so gut wie nie hinging) und seit einem Monat auf Italienreise (Paris hatte er nur kurz gestreift). Und dass es heute nun einmal regnete, war nur natürlich und rechtfertigte keinesfalls seine elegische Laune! Also verbannte er die Gedanken an einstige Gemahlin und einstige Geliebte und überlegte, was er unternehmen könnte. Piazza Erbe und Piazza dei Signori lagen nur wenige Minuten von seinem Hotel entfernt. Trotz des Regens würde dort sicher geschäftiges Treiben herrschen. Ließ der Schauer nicht nach, könnte er sich ins Caffè Dante an der Piazza dei Signori setzen und später hinüber zur Kirche Sant'Anastasia und anschließend vielleicht noch in die Kathedrale gehen. Ein wenig Einkehr würde seiner grauen Stimmung Rechnung tragen, was nicht verkehrt war, wie er annahm, hernach kam man vielleicht erfrischt und gestärkt zurück. Ja, das war ein guter Plan. Und am Nachmittag könnte er sich von Finley in der Kalesche spazieren fahren lassen –

immerhin musste der junge Kutscher bezahlt, also konnte er auch beschäftigt werden.

Er trank seinen Kaffee aus und war im Begriff, sich zu erheben, als ihn ein überraschender Gedanke regelrecht auf den gepolsterten Stuhl zurückwarf.

Lady Wingfield beim ersten Mal draußen auf dem Duellplatz, wie sie sich die Hand aufs Herz legte beim Anblick des toten jungen Mannes. Ihre bebenden Nasenflügel, ihr nach innen gekehrter Blick. Natürlich, eine Lady sollte so etwas nicht sehen müssen, ihre Reaktion war verständlich. Doch da war ihr Finger, der wie von selbst über die Mündung der Schusswaffe fuhr. Jede andere Frau wäre vor der Pistole zurückgezuckt, anstatt sie zu berühren, wie sie es getan hatte. Fast sachverständig hatte sie gewirkt. Und dann war da noch ihr standhaftes darauf Beharren, der jungen Italienerin beizustehen ...

Was, wenn dies alles einen bestimmten Grund hatte?

Was, wenn ihr Engagement in dieser leidigen Sache dem Umstand geschuldet war, dass sie ihren Ehemann bei einem Duell verloren hatte? Plötzlich erschien ihm ihr Widerspruchsgeist in neuem Licht. War er ihm zuvor lästig, ja sogar ungehörig erschienen, streifte ihn jetzt ein Anflug von Verständnis. Lediglich ein Anflug. Keineswegs war Lady Wingfields Widerspenstigkeit gutzuheißen. Aber was kümmerte sie ihn überhaupt? Sie war eine Reisebekanntschaft – nichts weiter.

Kapitel 12

„Kindchen, aber natürlich will ich Julias Haus sehen!"

„Es regnet."

„Weshalb es eine gute Idee ist, anschließend zur Kirche Sant'Anastasia und danach in die Kathedrale zu gehen."

Gloria biss in ihr Hörnchen – eine butterige Köstlichkeit, wie die Engländer sie nicht herzustellen vermochten – und sah durch die großen Fenster des Frühstückszimmers, durch die man auf die Terrasse und den dahinter liegenden Garten blicken konnte, hinaus ins Grau.

Grau fühlte sie sich ebenfalls. Sie hatte schlecht geschlafen, was sie auf den Schock zurückführte, der sie befallen hatte, als ihr gestern Abend klar geworden war, dass nicht das zutrauliche Kätzchen, sondern Lord Lyndon ihr zugehört hatte. Wie grässlich, wie grauenvoll und peinlich! Die seelische Erschütterung hatte sie wie benommen auf der Terrasse stehen lassen, unfähig, sich zu rühren. Als sie wieder imstande gewesen war, sich den anderen zuzugesellen, war Lord Lyndon bereits gegangen. Sie wusste nicht, wie sie es geschafft hatte, die

Bridgepartie zu überstehen, die sie mit einem weiteren Hotelgast, der sich ihnen auf des Kaufmanns Anfrage hin anschloss, gespielt hatten. Sie hatte sich die ganze Zeit über gefragt, wie Lord Lyndon auf das reagieren würde, was er gehört hatte. Sie fragte es sich noch immer.

Tante Jo gegenüber hatte sie den Vorfall mit keiner Silbe erwähnt. Und sie würde ihn auch künftig nicht erwähnen. Er war zu beschämend.

„Wir können uns Schirme geben oder uns fahren lassen", hörte sie Tante Jo sagen. „Und wir sollten in Bälde aufbrechen, damit Herr Fromm nicht auf den vermeintlich ausgezeichneten Gedanken kommt, uns begleiten zu wollen."

„Hat er nicht gestern Abend gesagt, er sei heute den ganzen Vormittag in Geschäften unterwegs?"

„Hat er das?"

Gloria blickte um sich. „Ich sehe ihn auch gar nicht, er scheint bereits gefrühstückt zu haben."

„Bab-bala-ba-bap", plusterte Tante Jo leise und beugte sich verschwörerisch zu ihr vor, was Gloria zum Lachen brachte.

„Ach, Tantchen!", raunte sie.

Ihre Tante lächelte ihr zu, wurde wieder ernst und sagte: „Ich bin im Übrigen froh, dass die Polizei uns nun doch nicht mehr befragt hat."

Die Polizei. Die dritte Kugel. Der verschwundene Verlobte. Sie hatte in dieser Sache ja noch etwas unternehmen wollen. Noch einmal mit Francesca reden. Luigis Eltern aufsuchen. Plötzlich wurde ihr klar, dass sie gar nicht wusste, wie sie das anstellen sollte. Weder wusste sie, wo Francesca zu Hause war – geschweige denn, dass sie den Nachnamen der jungen Frau kannte –, noch, wo Luigis

Eltern wohnten. Wie dumm von ihr! Kein Wunder, dass Lord Lyndon ... nein, der war aus anderen Gründen gegen ihr Vorhaben. Gründe, die in seiner männlichen Überzeugung lagen, Frauen hätten sich nicht in die Geschicke der Welt einzumischen.

Ärger wallte in ihr empor. Sie würde ihm beweisen, wie falsch er mit dieser Einstellung lag. Andererseits – sie hatte es nicht nötig, ihm auch nur irgendetwas zu beweisen! Und außerdem: Wer sagte denn, dass sie sich wiedersehen würden? Die Erinnerung an seine davoneilende Gestalt gestern Abend kehrte zurück und berührte sie erneut unangenehm. Wahrscheinlich hatte er es ohnehin für das Beste gehalten, sofort abzureisen. Er wusste ebenso gut wie sie, dass ein Zusammentreffen nach einem solchen Vorfall zutiefst blamabel für sie beide sein würde. Aber – und das war etwas, das ihr bisher noch gar nicht in den Sinn gekommen war – ob er überhaupt wusste, dass sie ihn gesehen hatte?

„Mein Liebes, du bist heute Morgen außerordentlich geistesabwesend. Hast du überhaupt gehört, was ich sagte?", bemerkte Tante Jo.

„Ja, aber ja doch. Ich habe nur darüber nachgedacht ... was, wenn wir von uns aus zur Polizei gingen?"

„Bist du von allen guten Geistern verlassen? Weshalb denn nur?"

„Nun, wir haben diese dritte Kugel gefunden ..."

„Die Lord Lyndon der Polizei überbrachte, die weiß, was nun weiter zu tun ist."

„Aber er hat es nicht für nötig befunden, auf meinen Vorschlag einzugehen!", erwiderte Gloria trotzig.

„Welchen Vorschlag?"

„Ich regte an, die gefundene Kugel mit den Pistolen zu vergleichen."

„Und wozu sollte es gut sein, eine Kugel mit einer Pistole zu vergleichen?“, fragte Tante Jo mit spöttisch hochgezogenen Augenbrauen.

„Ich habe mich falsch ausgedrückt!“, erwiderte Gloria ungehalten und warf die zerknüllte Serviette neben die Teetasse. „Ich meinte, ob man nicht prüfen sollte, ob die gefundene Kugel aus einer der abgefeuerten Pistolen stammt.“

„Deinem Ton nach bist du zudem auch recht gereizt, will mir scheinen.“

„Mag sein.“

Ihre Tante bedachte sie mit einem prüfenden Blick und sagte schließlich: „Ein Besuch bei der Polizei also, was?“

Gloria hob den Kopf, schaute Tantchen an und lächelte entschuldigend.

Tante Jo legte ihre Serviette betont kultiviert neben dem Teller ab und hob den Zeigefinger. „Der Vormittag gehört wie besprochen der Kultur. In der Kirche stellt sich Einkehr von ganz alleine ein. Dich zu sammeln wird dir heute Morgen guttun. Wenn du dann immer noch der Ansicht bist, dass ein Vorsprechen bei der Polizei sinnvoll ist, tun wir dies nach dem Lunch.“

Gloria lächelte ihre Tante an und streckte ihr über den Tisch hinweg die Hand entgegen. „Du bist ein solcher Schatz, Tante Jo!“, sagte sie dankbar.

Tante Jo tätschelte ihre Hand und lächelte. „Na, dann komm.“

Im Hinausgehen raunte sie: „Wie ich dir bereits sagte, finde ich sogar durchaus Gefallen an dieser Sache. Sie ist ein bisschen aufregend. Und ein bisschen romantisch ist sie auch, wie bei Romeo und Julia.“

„Aber Tante Jo!“, tadelte Gloria sie sanft, als sie durch

die Tür des Frühstückszimmers ins Foyer traten. „Es gab einen Toten!"

„Den gab es bei Romeo und Julia auch", entgegnete ihre Tante trocken.

Sie wandten sich der Treppe zu, im selben Augenblick hörten sie einen Aufschrei: „Signora Wiiengfilt!"

Erschrocken hielt Gloria inne. Der Empfangschef eilte auf sie zu, an seiner Seite eine regen- und tränennasse Francesca.

„Verzeihen Sie, Mylady, diese junge Dame hat nach Ihnen gefragt und ..."

„Lady Wiiengfilt!", rief Francesca, während sie den livrierten Mann abschüttelte und auf Gloria zulief. „Giulio ist aufgetaucht! Man hat ihn ins Gefängnis geworfen!"

Kapitel 13

Bereits Charles Dickens hatte das Haus der Julia besucht und es als misstrauisch, eifersüchtig aussehendes Gebilde von unruhigen Proportionen geschildert.

Der Baedeker verlor kein Wort darüber, doch im Hotel hatte ein Prospekt ausgelegen, und so stand nun auch Gloria wie einst Englands großer Romanschriftsteller im Innenhof des Hauses Via Cappello 23, wo die tragische Liebesgeschichte von Romeo und Julia ihren Anfang genommen hatte.

Obwohl sie Dickens ansonsten schätzte, von seinem Roman „Große Erwartungen“ sehr angetan und seiner Erzählung „Der Bahnwärter“ regelrecht erschüttert war – allerdings eher, weil diese Schauergeschichte zu sehr die Erinnerung an das Eisenbahnunglück weckte, bei dem ihre Eltern ums Leben gekommen waren –, teilte sie dessen Meinung in diesem Falle nicht. Das rötlich und gelbbraun verwitterte Gemäuer, der spitzbogige Eingang, darüber die Fenster wie dunkel geschminkte Augen, zu denen sie unter ihrem Regenschirm hinaufsah – die Casa di Giulietta wirkte auf Gloria *lebendig*, ganz so, als könne Julia tatsächlich jeden Augenblick herauskommen und ihrem Romeo mit ausgestreckten Armen entgegeneilen.

Tante Jo neben ihr seufzte leise und murmelte: „Zauberhaft!“

Natürlich waren sie nicht die Einzigen; auch andere Touristen hatten sich nicht vom Nieselregen abhalten lassen und liefen murmelnd im Innenhof umher. Eine Engländerin roch an einem Zitronenbäumchen, das in einem Kübel drüben bei der Mauer wuchs, und teilte ihre Verzückung in schwärmerischen Wendungen ihrem Ehegemahl mit, der einige Schritte von ihr entfernt stand und recht ungerührt wirkte.

Gloria und Tante Jo hatten sich herfahren lassen. Gute zwanzig Minuten hätten sie zu gehen gehabt, was sie sich nicht hatten zumuten wollen, weil sie anschließend über die Piazza Erbe zur Piazza dei Signori und von dort zu den Kirchen schlendern wollten.

Als Tante Jo sich genügend hingerissen fühlte, machten sie sich auf den Weg. Die lang gestreckte Piazza Erbe war nur einen Katzensprung entfernt, und laut dem Baedeker einer der malerischsten Plätze Italiens. Gloria gab dem Reiseführer recht, die weißen Schirme der Marktstände, die verschiedenartigen Früchte und Gemüse, das Gegacker in den Holzkäfigen, die sonnengegerbten, bärtigen Marktschreier und die in orientalisch anmutende Blusen gekleideten Händlerinnen, dazu die mit Malereien geschmückten Hausfassaden – all das sah auch im leichten Regen zauberhaft aus. Tante Jo und sie flanierten bis zur Tribuna auf der Mitte des Platzes, eine Tribüne mit einem von vier Säulen getragenen Baldachin, von der früher Urteile verkündet worden waren. Hier bogen sie rechts ab zur wunderschön gepflasterten Piazza dei Signori, wo sie vor der Statue Dantes stehen blieben.

„Ich frage mich“, sann Gloria, „woher Giulio so plötzlich auftauchte.“

„Das wird er dir heute Nachmittag womöglich selber sagen“, erwiderte Tante Jo.

„Es ist natürlich schön für Francesca, doch andererseits sitzt er nun im Gefängnis.“

Ihre Tante erwiderte nichts, blickte um sich, dann wieder hoch zur Statue.

Francesca war wohl jetzt gerade bei ihrem Verlobten. Sie hatte die Nachricht erhalten, dass Giulio aufgetaucht war, und war sofort aufgebrochen, um ihn zu sehen. Da sie wollte, dass Gloria Bescheid wusste, war sie zuvor beim Colomba d'Oro vorbeigekommen, um es ihr zu sagen. Außerdem hatte sie Gloria gebeten, ebenfalls mit Giulio zu sprechen, und ihr nicht nur die Adresse des Gefängnisses Degli Scalzi genannt, sondern auch sämtliche andere Adressen. Zudem wusste Gloria nun Francescas Nachnamen: Bertani.

„Lass uns weitergehen, an diesem Dichter gibt es nicht viel zu sehen.“

Gloria folgte ihrer Tante zur Nordostecke des Platzes, wo der Palazzo del Consiglio stand, das alte Rathaus, einer der schönsten Bauten der Frührenaissance, dem der Baedeker einen langen Absatz widmete. Gloria überflog den Text und murmelte: „Über der Tür ist die Inschrift ‚Pro summa‘ ... und so weiter, alles Latein. Darüber sind Statuen von berühmten antiken Veronesern ...“

„Schon gut. Weiter zu den Skaligern.“

„Du willst nicht hinein? Im oberen Stock gibt es einige geschmackvoll restaurierte Räume ... einen Pförtner im Hof, der sie einem zeigt“, murmelte Gloria und sah vom Baedeker auf. Tante Jo war weitergegangen, streckte den Arm aus und machte ein fragendes Gesicht, was beides zusammengenommen „Hier lang?“ bedeutete. Gloria versuchte, den Stadtplan auseinanderzufalten, ein schwieriges Unterfangen mit Schirm, Tasche und Buch. Sie ließ es bleiben, die Arche Scaligere waren ohnehin derart unbestimmt auf der oberen Ecke eines Häusergevierts eingetragen, dass es besser war, man sah vor sich statt in den Plan. Sie dürften außerdem unschwer zu finden sein, denn natürlich waren sie auch hier nicht die einzigen Besucher. Sie folgten also einfach einigen Leuten und standen kurz darauf vor der kleinen Kirche Santa Maria Antica. Über dem Portal befand sich der wirklich eindrucksvolle Sarkophag des Can Grande della Scala, goldverziert glänzend und von zwei Hunden getragen. Hoch oberhalb des steinernen Baldachins thronte die Reiterstatue des Oberhauptes der einstigen Dynastie. Angrenzend an der Wand war ein zweites Grabmal; rundum eingerahmt von filigranem Zaunwerk und nicht minder beeindruckend, standen weitere Sarkophag-Monumente unter Baldachinen wie auf Stelzen. Herr Fromm hätte ihnen zweifelsohne mit Freude erklärt, dass sie gotisch seien, was natürlich auch im Baedeker stand. Gloria sagte: „Der Pförtner wohnt in dem Haus rechts, es kostet zwanzig Centesimi für eine, zehn Centesimi für jede weitere Person. Möchtest du hinein?“

„Ich denke, ich möchte lieber nach Sant'Anastasia. Der Baedeker widmet ihr doch einen recht großen Abschnitt, meine ich?“

„Ja, jede Menge Marmor, Reliefs und Fresken, spätgotische Verzierungen, Seitenkapellen und Altäre – genug zu sehen.“

„Und ein Dach über dem Kopf, um dem Nieselregen zu entkommen, sowie Bänke, um sich auszuruhen. Komm, Kind!“

Und so durchstreiften sie die schmalen Gassen, erfreuten sich an Altstadthäusern in sämtlichen Farbabstufungen, von sandfarben über ocker bis gelb, orange und rot, und standen kurz darauf vor dem Marmorportal des mächtigen gotischen Backsteinbaus der Kirche Sant'Anastasia.

Gloria saß neben Tante Jo in einer der vorderen Bänke beim Altar und beobachtete die Gesichter der Menschen, die jenen andächtig ehrfurchtsvollen Ausdruck zeigten, den sie in Kirchen meist annahmen.

Alles, was Sant'Anastasia zu bieten hatte und im Baedeker beschrieben war, hatten sie angesehen. Jetzt taten ihnen die Füße weh und sie freuten sich auf ihren wohlverdienten Lunch, den sie in einem der zahlreichen Restaurants auf dem Corso Cavour einnehmen wollten. Dort fand sich sicher auch eine Droschke, mit der sie zum Hotel zurückfahren konnten.

„Wollen wir?", fragte Gloria ihre Tante leise.

Diese nickte und erhob sich.

Sie strebten dem Ausgang zu.

Gloria erstarrte.

Dort, an der ersten Säule bei dem antiken, als Weihwasserbecken genutzten Kapitell, stand Lord Lyndon und betrachtete den buckligen Zwerg („Gobbo" laut Baedeker), der es trug.

„Was will der denn hier?", flüsterte Gloria Tante Jo zu, die verwundert neben ihr Halt machte.

„Die Kulturgüter dieser Stadt ansehen?", schlug ihre Tante leise in leicht ironischem Tonfall vor.

Gloria überlegte, ob sie einfach grußlos an ihm vorbeischleichen sollte. Noch hatte er sie nicht bemerkt. Aber das kam ihr doch zu schäbig vor, und außerdem

– drehte er sich ihr soeben voll zu und erkannte sie. Eindeutig versteifte auch er sich einen Wimpernschlag lang.

Gloria, die insgeheim gehofft hatte, er möge nichts von dem gehört haben, was sie auf der Terrasse gesagt hatte, weil er rechtzeitig gegangen war in der Annahme, dass sie allein hatte sein wollen, sah sich dieser Hoffnung beraubt.

Er hatte es gehört.

Etwas in seinem Blick, der viel zu rasch zu ihrer Tante zuckte, sagte ihr dies, als wolle er nicht, dass sie darin las; etwas in seinem höflich-distanzierten Begrüßungslächeln verriet es, das, eine Spur zu höflich und zu distanziert, wie eine Maske wirkte.

„Lady Blythe, Lady Wingfield", grüßte er mit gedämpfter Stimme.

Sie tauschten Floskeln über das Wetter und ihre Tante fragte: „Sie kommen gerade?"

„Oh, nein, ich bin schon einige Zeit hier. Ich wollte mir vor dem Gehen lediglich noch einmal diese bucklige Figur ansehen."

Gloria und Tante Jo folgten seinem Blick und starrten auf den Gobbo.

„Nun, vielleicht interessiert es Sie, dass Giulio auftauchte", hörte Gloria sich sagen.

„Wie bitte?", fragte er irritiert und sah sie an.

Seine Augen waren dunkel. Der Schein zahlloser Kerzen spiegelte sich darin. Er hatte sich wieder in der Gewalt.

„Giulio. Francescas Verlobter. Der vermeintliche Schütze", half sie ihm auf die Sprünge.

„Oh!", machte er und faltete die behandschuhten Hände über dem Griff seines Schirmes, wobei der

Hutrand seines Zylinders, den er in der Rechten hielt, sacht gegen den Stock klopfte.

„Er sitzt im Gefängnis."

„Das war zu erwarten. Wie haben Sie davon erfahren?"

„Francesca sagte es mir."

Er nickte verstehend.

„Ich werde am Nachmittag zu ihm gehen."

„Zu diesem Giulio? Ins Gefängnis?"

Nun folgte sicher eine neuerliche Zurechtweisung.

Gloria wollte ihm mit einer nachdrücklichen Antwort zuvorkommen, doch seltsamerweise wich der Anflug von Missbilligung auf seinem Gesicht in dem Augenblick, da er anhob und „Aber ..." sagte. Er stockte einen Herzschlag lang und ergänzte: „Da sollten Sie nicht alleine hin."

„Wir stehen hier im Weg, lassen Sie uns weitergehen", befand Tante Jo leise.

„Natürlich", murmelte Lord Lyndon und wandte sich Richtung Kirchentür. Nach einigen Schritten blieb er stehen, nicht ohne sich zu vergewissern, dass sie an diesem Standort niemanden behinderten, und sagte zu Gloria: „Wenn Sie erlauben, begleite ich Sie. Ich wollte am Nachmittag ohnehin eine Ausfahrt unternehmen."

Gloria war mehr als überrascht, und noch ehe sie antworten konnte, sagte ihre Tante: „Das würden Sie tun, Lord Lyndon? Das, wenn ich sagen darf, beruhigt mich außerordentlich. Es hätte mir, ehrlich gestanden, etwas Mühe bereitet, meine Nichte zu begleiten. Der Vormittag war doch recht anstrengend und etwas Ruhe täte mir gut." Sie sah Gloria an. „Liebes, das ist doch eine gute Idee, nicht wahr? Es ist mit Sicherheit besser, wenn du in Begleitung eines Gentleman bei der Polizei vorstellig wirst."

„Nun, Lord Lyndon, wenn Sie wollen ... ja, gut."

Sie sah ihn an.

Die Narbe unter seinem rechten Auge zuckte.

Er streckte den Arm aus, um ihr den Vortritt beim Hinausgehen aus der Kirche zu lassen.

Als sie durch das Portal hinaustraten, stellte sie fest, dass es aufgehört hatte zu regnen und der Himmel in einem Blau leuchtete, das von Gott höchstselbst dort ausgegossen schien.

Kapitel 14

Der diensthabende Polizist betrachtete sie missmutig.

Jetzt war Gloria doch froh, dass Lord Lyndon mit ihr gekommen war, denn einem Gentleman seines Formats konnte man ein solches Anliegen nicht gut abschlagen. Lord Lyndon begründete dieses Anliegen damit, dass sowohl er als auch die anwesende Lady vor zwei Tagen in diese Angelegenheit verwickelt worden seien und dass Ehre und Pflichtgefühl geböten, gegebenenfalls noch offene Fragen zu beantworten sowie sich nach dem weiteren Verlauf zu erkundigen.

„Der weitere Verlauf?", hatte der Polizist fast höhnisch gefragt. „Es dürfte auch in Ihrem Land gängige Rechtspraxis sein, einen Mörder anzuklagen und zu verurteilen. Giulio Bongiovanni hat bereits ausgesagt, seinen Freund Luigi Tozzi erschossen zu haben. Also wird man ihn wegen Mordes anklagen." Der Polizist hatte die Schultern gezuckt. Gegenüber ihrem Ansinnen, das Kaliber der Kugel im Baum festzustellen und mit jenem der Pistolen zu vergleichen, hatte er sich taub gestellt.

Jetzt besprach er sich mit seinem Kollegen, ob man der Bitte des englischen Gentleman nachkommen und ihn mit dem Geständigen sprechen lassen könne. Die beiden beratschlagten leise in schnellem Italienisch, während ihre Mienen skeptisch dreinblickten.

Schließlich wurde es ihnen gestattet und man führte sie durch einen Flur in einen kargen Raum, der womöglich für derlei Gespräche vorgesehen war.

Nach einer zehnminütigen Wartezeit, in der Gloria schweigend auf dem Stuhl neben Lord Lyndon gesessen hatte, brachte man den jungen Mann herein.

Giulio Bongiovanni sah schrecklich aus. Das braune Haar klebte ihm ungepflegt am Kopf, die großen braunen Augen waren blutunterlaufen. Man hatte ihm wohl gestattet, sich zu rasieren, auf seiner rechten Wange verlief ein Schnitt, den er sich offensichtlich dabei zugezogen hatte. Er trug ein schmutziges weißes Hemd, das bis zur Brust offen war und einen Verband um die rechte Schulter erkennen ließ. Der Polizist führte ihn zu dem Tisch, an dem Gloria neben Lord Lyndon saß, und bedeutete ihm, sich zu setzen, während er selbst zwei Schritte hinter ihm stehen blieb.

„Alexander Lyndon", stellte sich der Viscount mit einem leichten Vorneigen des Oberkörpers vor, wobei er die gefalteten, behandschuhten Hände auf seinem Schirm behielt. „Diese Lady und ich wurden durch Zufall in Ihre Affäre verwickelt, erfuhren von Ihrer Verhaftung und wollten uns nach Ihnen erkundigen."

Der junge Mann schaute ihn abwartend an.

„Die Polizei stellte uns Fragen", fuhr Lord Lyndon fort, „und als Reisender in einem fremden Land ist es nicht sonderlich angenehm, mit der Polizei in Berührung zu kommen – es sei denn, man benötigt ihre Hilfe."

„Ein Grund, sie zu meiden, statt sie aufzusuchen", bemerkte Giulio schroff.

Das brachte den Viscount kurz aus der Fassung, Gloria spürte sein Zurückzucken mehr, als dass sie es sah. „Nun", erwiderte er kühl und mit hochgezogenen Brauen, „offenbar benötigen Sie unser Engagement nicht."

„Wir sind hier, weil Ihre Verlobte Francesca von Ihrer Unschuld überzeugt ist und mich bat, ihr zu helfen, dies zu beweisen", mischte Gloria sich ein, weil ihr klar war, dass Lord Lyndons distanzierte Haltung sie keinen Zoll weiterbringen würde. „Wir wollen Ihnen helfen."

Giulio sah sie an. Nickte einmal. „Francesca hat mir von Ihnen erzählt", sagte er. „Lady Wingfield, nicht wahr?" Er sprach ihren Namen englischer aus als seine Verlobte, wenngleich er dennoch das g stärker betonte, sodass es fast wie ein k klang.

Gloria lächelte ihn an. „Ja", antwortete sie. „Francesca hat sich mir anvertraut. Sie können sich glücklich schätzen, eine so hingebungsvolle Braut zu haben."

„Ja", sagte er tonlos und senkte kurz den Blick, ehe er ihn wieder auf Gloria heftete und ergänzte: „Doch das wird mir nichts nützen, ich habe Luigi erschossen und vor den Konsequenzen einer solchen Tat wird mich auch die Liebe meiner Braut nicht retten können."

Das klang so bitter und traurig, dass Gloria unwillkürlich einen Kloß im Hals spürte. „Sagen Sie das nicht", erwiderte sie weich. „Francesca hat Ihnen mit Sicherheit berichtet, dass wir am Duellplatz eine Kugel in einem Baumstamm gefunden haben, die möglicherweise aus Ihrer Pistole stammt."

„Ja, sie hat mir von der Kugel erzählt. Doch die kann schon alt und lange dort gewesen sein."

„Wollen Sie uns erzählen, wie es zu dem Zweikampf kam?", fragte Gloria einfühlsam. Sie spürte Lord Lyndons

Unbehagen. Ihr Verhalten erschien ihm mit Sicherheit zu vertrauensvoll. Was auch immer er gesagt haben würde – es hätte bei Weitem nicht den teilnahmsvollen Beiklang gehabt, den ihre eigenen Worte hatten.

„Ich habe der Polizei bereits alles erzählt." Er lächelte schwach. „Francesca ist ein Engel, Lady Wingfield. Sie glaubt an meine Unschuld, weil sie daran glauben *will*. Aber die Sachlage ist klar. Durch meine Hand kam Luigi zu Tode."

„Und Sie? Sie wurden verletzt?", fragte Gloria.

Giulio nickte.

„Wo waren Sie in diesen beiden Tagen?"

„Bei einem Fischer, den ich kenne, am Flussufer im Norden. Mit letzter Kraft schleppte ich mich zu seiner Hütte, ich hatte viel Blut verloren und wusste, dass ich Hilfe brauchte. Seine Frau versorgte meine Wunde, ich muss wohl auch gefiebert haben, dazu der viele Alkohol ..." Giulio verstummte.

„Nun, es ist löblich, dass Sie sich stellten, sobald Sie wieder bei Kräften waren", bemerkte Lord Lyndon, und sowohl Gloria als auch Giulio sahen ihn an.

„Das gebietet die Ehre!", antwortete der junge Mann ernst.

„Weshalb trugen Sie diesen Zweikampf aus?", fragte Gloria.

Aus seinen blutunterlaufenen Augen sah Giulio sie müde an. Dann senkte er den Blick und zuckte die Schultern. „Wir haben viel getrunken – wie meist, wenn wir uns in Aldrighettis Gartenpavillon treffen." Er schaute wieder hoch, zeigte ein halb entschuldigendes Lächeln. „Signor Aldrighetti hat guten Wein. Er folgte zusammen mit seiner Gattin einer Einladung nach Mantua und war nicht im Hause, daher tranken wir mehr davon als sonst.

Irgendwann kam Alberto mit dem Pistolenkasten. Zwei schöne, etwa dreißig Jahre alte Duellpistolen. Signor Aldrighetti ist ein Sammler und Liebhaber schöner Waffen. Alberto hätte den Teufel getan, sie anzurühren, wäre sein Vater zu Hause gewesen."

„Alberto ist der Bruder von Luigis Verlobter, nicht wahr?"

Giulio zögerte kurz, dann erwiderte er: „Niemand wusste, dass sie verlobt sind."

Wie er dies sagte, verriet Gloria, dass er mit Francesca darüber gesprochen hatte. „Aber sie waren einander versprochen?", hakte sie nach.

Wieder ein kurzes Zögern, ehe er antwortete: „Ja."

„Und Alberto? Hieß er diese Verbindung gut?"

Gloria spürte Lord Lyndons fragenden Blick, sah aber nicht zu ihm hin.

„Alberto!", spie Giulio aus. „Der vergöttert Luigi regelrecht. Bewundert dessen Mut und Kühnheit. Wäre wohl gerne so wie er. Seine Verehrung geht so weit, dass er ihn in allem nacheifert. Sich mit ihm in Spielkaschemmen herumtreibt – herumtrieb. Er machte Schulden, hat wohl auch welche bei Luigi, dieser Dummkopf."

„Spielschulden?", sagte Lord Lyndon. „Unangenehm unter Ehrenmännern."

„Ehrenmänner!", bemerkte Giulio abfällig. „Luigi stammte aus einfachen Verhältnissen. Sein Vater hat sich zum Verwalter hochgearbeitet. Ich hatte stets das Gefühl, Alberto wolle Luigi erhöhen. Er wollte, dass er ihm, dessen Vater immerhin Offizier in der königlichen Armee ist, ebenbürtig sei."

„Sie selbst sind adeliger Herkunft", stellte Gloria fest.

Giulio nickte. „Alter venezianischer Landadel, mütterlicherseits. Keine Titel."

„Francesca meinte, man neide Ihnen womöglich Ihren Stand."

Wieder spürte Gloria Lord Lyndons erstaunten Blick auf sich; wieder sah sie ihn nicht an.

„Es gibt zuweilen Sticheleien." Giulio winkte ab. „Nicht weiter erwähnenswert."

„Vielleicht schildern Sie uns einmal den Hergang der Geschehnisse? Wie kam es, dass Luigi und Sie mit den Pistolen fortgingen?"

„Ich erinnere mich nicht mehr genau. Wir spielten mit den Pistolen herum. Jemand lud sie, jedoch ohne Kugeln. Wir tranken und prahlten, und dann meinte Luigi, wir könnten ja zum Duellplatz gehen, um die Waffen *richtig* zu benutzen. Alberto stachelte ihn an, bestärkte ihn darin. Aber wir hatten alle zu viel getrunken, keiner fühlte sich groß imstande, die Wanderung zum Duellplatz zu unternehmen. Niemand hatte Lust dazu. Manche schliefen sogar schon. Ich hielt das Ganze für Spaß und Prahlerei. Selbst dann noch, als ich merkte, dass ich tatsächlich mit Luigi zum Duellplatz unterwegs war. Ich hatte geglaubt, ein oder zwei der Freunde wären mitgekommen und hinter uns, doch auf dem Platz stellte ich fest, dass Luigi und ich allein waren. Ich hielt es noch immer für einen Spaß. Sich mit ungeladenen Pistolen gegenüberzustehen ist ein Spaß – wenn auch ein ziemlich törichter, wie ich zugebe. Ich hatte keine Ahnung, dass die Pistolen tatsächlich geladen waren. Aber dann faselte Luigi dummes Zeug und zielte auf mich. Ich hörte den Knall – und schoss ebenfalls. Seine Kugel traf mich an der rechten Schulter, meine Kugel traf ihn ins Herz. Das ist alles."

Einen Augenblick herrschte Schweigen.

Dann sagte Lord Lyndon: „Das hört sich nicht nach Ehrenhändel an. Das Vorgehen Ihres Kontrahenten erscheint mir äußerst unehrenhaft, wenn nicht gar hinterhältig."

„Was meinen Sie mit ‚dummes Zeug'?", fragte Gloria, ohne Lord Lyndons Bemerkung zu beachten.

Giulio schüttelte den Kopf. „Ich erinnere mich kaum. Betrunkene Prahlerei."

„Das genügt jetzt", meldete sich der Polizist zu Wort. „Ihre Zeit ist um."

Lord Lyndon erhob sich. Der Polizist kam heran und stellte sich hinter den Gefangenen.

Gloria sah Giulio an und fragte: „Hatte Luigi Feinde?"

Der junge Mann erwiderte ihren Blick und antwortete im Aufstehen: „Luigi war ein Großmaul. Manch einer wollte es ihm schon stopfen."

Gloria erhob sich ebenfalls und sagte: „Ich bin sicher, Sie wollen niemanden belasten, aber wüssten Sie vielleicht, wer das tun würde?"

Ein Blick in ihre Augen, ehe er sagte: „Nein."

„Giulio verschweigt etwas", sagte Gloria, als sie vor den Toren des Degli Scalzi auf der Straße standen und nach Finley Ausschau hielten.

„Lassen Sie uns ein Stück die Straße entlanggehen, wahrscheinlich kommt er gleich gefahren", schlug Lord Lyndon vor.

„Wir müssen mit Alberto sprechen", fuhr Gloria fort, mehr zu sich selbst und ohne recht zu merken, dass sie Lord Lyndon folgte – und wohin. Da war etwas an Giulios Zögern. Etwas in seinem Blick. Es erinnerte sie an Nicks Zögern, an Nicks Blick, kurz bevor er ihr von den Machenschaften ihres Onkels erzählt hatte, hinter die er gekommen war. Es war das Zögern dessen, der versuchte, seinem Gegenüber eine unangenehme Nachricht so schonend wie möglich beizubringen. Giulio wollte etwas nicht preisgeben. Oder ihr gegenüber nicht preisgeben. Sein Verhalten bestätigte ihre Annahme, dass es einen Grund gab, warum die Stimmung an jenem Abend umgeschlagen war, warum Luigi aus Spaß Ernst gemacht und Giulio von den Kameraden fortgedrängt hatte – mit geladenen Pistolen.

„Francesca hat mit einer Antwort gezögert, Giulio hat mit einer Antwort gezögert", sagte sie zu Lord Lyndons Rücken. Ihr Begleiter war einige Schritte voraus, hielt auf die Einmündung zu einer Hauptstraße zu. „Ganz eindeutig stimmt an dieser Sache etwas nicht."

Lord Lyndon blieb an der Ecke stehen und drehte sich zu ihr um.

Gloria sah ihn an und erschrak über sich selbst, weil sie in einem Gefühl der Vertrautheit auf ihn eingeredet hatte, ganz so, als seien sie ein Paar, das es gewohnt war, die Dinge miteinander zu besprechen. Aber das waren sie mitnichten, nein, nur weil er mitgekommen war und seine Erscheinung so ansprechend auf sie wirkte, musste sie noch lange nicht glauben, er zeige Verständnis. Mehr als einmal in der vergangenen Stunde hatte sie deutlich sein Erstaunen gespürt. Er mochte sich gefragt haben, woher sie all das wusste und wie sie dazu kam, derart zielstrebig vorzugehen. Bestenfalls hatte er es sich verwundert gefragt. Höchstwahrscheinlich jedoch hatte er es sich voll Unverständnis gefragt, wenn nicht gar Abscheu. Seine Miene allerdings verriet nichts von alledem, als er sie nun ansah, abwartend, und für einen Augenblick herrschte unangenehmes Schweigen zwischen ihnen. Hinter seinem Rücken, auf der Via di Porta Palio (wie sie sich soeben erinnerte, denn von dort waren sie zuvor gekommen), zog eine Schar Touristen auf Eseln vorbei, die von einem Ausflug zurückkehrten, und behinderte den Verkehr.

„Wir müssen mit Alberto reden. Mit Rosalinde ebenfalls. Am besten auch mit Luigis Eltern", hörte sie sich sagen und war erneut darüber erstaunt, dass sie den gleichen vertraulichen Ton wie zuvor anschlug. Wie kommst du dazu!, tadelte sie sich. Er wird Argumente dagegen aufzählen und dich einmal mehr daran erinnern, dass es unschicklich ist, wenn Frauen sich in derlei Dinge einmischen.

„Nun, dann sollte Finley uns tunlichst rasch auflesen, damit wir rechtzeitig zum Tee zurück sind", antwortete Lord Lyndon aufgeräumt.

Kapitel 15

„Ponte Navi, nicht Ponte Nuovo!", rief Gloria ungeduldig.

„Bitte, Lady Wingfield, mein Kutscher macht das schon."

Gloria blickte auf den Stadtplan, der auseinandergefaltet auf ihrem Schoß lag. Sie versuchte, die Straßen auf dem Plan mit jenen der Wirklichkeit in Einklang zu bringen. Ihrer Ansicht nach fuhren sie zu weit nördlich, wahrscheinlich auf der Via Nuova, die auf die Ponte Nuovo zuführte. „Wenn er vorne rechts abbiegt, auf die Via ... Via ..." Sie sah auf, denn die Kalesche schaukelte und sie konnte den Straßennamen nicht entziffern. Sie rumpelten mit zurückgeklapptem Faltverdeck durch marmorgepflasterte Gassen, vorbei an Häusern aus blassrosa Veroneser Stein. In den Erkern hingen Blumentöpfe, aus denen leuchtend rote Blüten über Simse quollen. Wie hübsch das aussieht, dachte Gloria, und sie vergaß für einen Augenblick ihren Unmut über den jungen Kutscher Lord Lyndons, dessen unbekümmert verschmitzte Haltung man noch seinem Rücken ansah. Ganz augenscheinlich hatte er sich mühelos der hiesigen Fahrweise angepasst; gestikulierend und italienisch gurrend schlängelte er sich durch den Verkehr, wich Droschken und Korbträgern aus, trieb lachend eine Schar Katzen auseinander, die sich mitten auf der Straße um einen Fischkopf balgten, und er pfiff und rief den jungen Mädchen Komplimente hinterher. Lord Lyndon schien davon unbeeindruckt. Gloria vermutete, dass er es wohl einfach geflissentlich übersah.

Nun, das sollte ich ebenfalls tun, überlegte sie. Dieser junge Mensch würde sie sicherlich ans Ziel bringen, und was machte es schon, wenn sie sich verfuhren, sie waren ja nicht in Zeitdruck. Luigis Eltern erwarteten sie nicht, sie wussten nichts von ihrem Kommen, also kam es auf zehn Minuten nicht an. So sprach sie sich zu und bemerkte verwundert, dass ihre Anspannung dennoch nicht schwand.

„Darf ich?“, unterbrach Lord Lyndon ihre Gedanken. Er wies auf den Stadtplan.

„Bitte“, sagte Gloria und reichte ihm den Baedeker mit dem auseinandergefalteten Plan.

Der Viscount beugte sich darüber, mit wackelndem Oberkörper, der den Schaukelbewegungen der Chaise folgte.

Gloria schmunzelte in sich hinein. Wetten, dass er Mühe hat zu erkennen, wo wir sind?

„Wo sind wir, Finley?“, rief Lord Lyndon ohne aufzusehen.

„In der Nähe der Brücke, Mylord. Kann nicht mehr weit sein.“

Gloria sah zur Seite, damit der Viscount ihr Schmunzeln nicht bemerkte, und versank ins Betrachten der Menschen und Gebäude. Ehe sie sich's versah, ratterte die Kalesche tatsächlich über die Ponte Navi und sie sah hinunter auf das silbrig grüne Band des Flusses.

Luigis Familie wohnte im Osten jenseits der Etsch, und fünfzehn Minuten später hielten sie vor einem großen gelben Haus, aus dem zwei ältliche Italienerinnen kamen, schwarz gekleidet, in schwarze Schleier gehüllt. Sie hatten das Trauerhaus gefunden.

Lord Lyndon läutete die Türglocke und übergab dem verhuschten Mädchen, das ihnen öffnete, seine Karte. Das Mädchen bat sie in den Flur, einen langen, dunklen Flur, der in die Tiefen des Hauses hineinführte, aus denen Klagelaute zu vernehmen waren. Kurz darauf erschien eine Frau in mittleren Jahren, auch sie in schwarzer Kleidung und mit blassem, verweintem Gesicht.

„Signora Tozzi?", sagte Lord Lyndon und ergriff die Hand der Hausherrin. „Ich darf Ihnen mein tief empfundenes Beileid aussprechen."

Signora Tozzi presste die Lippen aufeinander und sah mit toten Traueraugen auf Gloria, die sich seinen Worten angeschlossen hatte.

„Verzeihen Sie, dass wir so unangemeldet erscheinen. Lady Wingfield und ich sind diejenigen, die in diese Angelegenheit verwickelt wurden, da wir zufällig in jenem Augenblick zur Stelle waren ..."

„Ich weiß, wer Sie sind", unterbrach Signora Tozzi ihn missfällig. „Und ich weiß auch, dass Sie sich für den Mörder meines Sohnes einsetzen. Was wollen Sie in meinem Haus?"

Der Ton war feindlich, Gloria spürte ihn wie einen Schnitt einmal quer über die Brust. Sie schrieb ihn der unermesslichen Trauer zu, die diese Frau durchlitt, da sie ihren Sohn verloren hatte.

„Wir wollten lediglich kondolieren und vorstellig werden für den Fall, dass Sie Fragen hätten, denn immerhin fanden wir den Leichnam ..."

Wie unsensibel!, dachte Gloria im selben Augenblick, da Signora Tozzi ihn auch schon erneut unterbrach und schneidend sagte: „Sie sind ein ausländischer *adeliger* Gentleman, wie kommen Sie dazu, sich in unsere Angelegenheit einzumischen? Um Ihrem Standesgenossen beizuspringen? Giulio Bongiovanni ist ebenfalls *adeliger* Herkunft, nicht wahr? Aber die wird ihn nicht vor dem Gefängnis bewahren. In diesem Land gibt es Gerechtigkeit! Gehen Sie, ich möchte nicht mit Ihnen sprechen."

Kalt war der Ausdruck in den Augen der Signora, als sie sie des Hauses verwies. Lord Lyndon murmelte einen Abschiedsgruß, schon waren sie draußen.

Sie gingen einige Schritte, wortlos.

„Nun", murmelte der Viscount, „das war wenig ersprießlich."

Gloria blieb stehen, schaute noch einmal über die Schulter zurück. Dann sah sie ihren Begleiter an und erwiderte: „Sehr unersprießlich, in der Tat. Aber immerhin hat diese Begegnung bestätigt, was ich von Francesca erfuhr: Man ist nicht gut zu sprechen auf Giulios adelige Herkunft. Sie scheint zu Rivalitäten geführt zu haben."

„Rivalitäten?"

„Vielleicht will ihn jemand ans Messer liefern, eben weil er adeliger Herkunft ist."

Der Viscount lachte ungläubig auf. „Absurd!"

Natürlich sagte er so etwas, dachte er so etwas. Aufgewachsen in dem Bewusstsein, einer heilbringenden Klasse anzugehören, konnte er sich nicht vorstellen, dass jemand deren segensreiche Errungenschaften nicht anerkannte. Aber Gloria wusste inzwischen, dass ein Adelstitel ebenso wenig sinnbildlich für Ehrsamkeit und Lauterkeit stand wie Arbeiter oder Knecht für Charakterlosigkeit oder Falschheit. „Große Erwartungen" hatte sie davon ebenso überzeugt wie das Leben selbst.

Das Haus der Familie Aldrighetti lag jenseits der Porta San Zeno, die links oben im Stadtplan verzeichnet war. An dieser Stelle endete der Plan, dahinter lag Niemandsland, durch das Finley sich durchfragen musste.

Sie waren einmal quer durch die Stadt gefahren, von Ost nach Nordwest, was eine gute Stunde gedauert hatte. Sie hatten über die Architektur mittelalterlicher Gebäude geplaudert, unterbrochen von Momenten des Schweigens, weil man den Geschehnissen auf der Straße Aufmerksamkeit schuldete oder, was öfter vorkam, weil man nichts zu sagen wusste. Da schien es Lord Lyndon ebenso zu gehen wie ihr, und um Peinlichkeiten zu vermeiden, schauten sie beide geflissentlich in die jeweils andere Richtung, Gloria rechts in die Gassen hinaus, der Viscount links.

Nur einmal hatte Gloria halbwegs unbefangen gesprochen, nämlich gleich zu Beginn ihrer Weiterfahrt, als sie Lord Lyndon erläuterte, was sie von Francesca erfahren hatte. Nun war er über alles im Bilde, was sie auch wusste, und irgendwie machte sie das zufrieden. Außerdem hatte er ihr zugehört, hin und wieder eine Bemerkung eingeworfen oder eine Frage gestellt – und nur ganz selten skeptisch die Stirn gerunzelt. Er schien sich zusammenzunehmen, was ihr gefiel, doch als ihr der Gedanke kam, er täte dies wegen dem, was er auf der Hotelterrasse gehört hatte, wühlte sie dies so sehr auf, dass an unbekümmertes Geplauder nicht mehr zu denken war, und sie schwieg.

Glücklicherweise waren sie nun beständig abgelenkt von Finleys Bemühungen um die richtige Route. Alle paar Hundert Meter hielt der Kutscher an, um einen Jungen oder einen alten Mann nach dem Weg zu fragen. Schließlich hatten sie es geschafft, Finley hielt in einer leicht ansteigenden Gasse vor einem kunstvoll gearbeiteten Eisentor mit steinernen Pfosten, die in eine Mauer aus grob behauenen Steinen übergingen. Jenseits des Tores führte ein kurzer, kiesbestreuter und zypressengesäumter Weg zu einem Palazzo, der so malerisch an dessen Ende aufragte, wie es italienischer nicht sein konnte.

Lord Lyndon legte die Hand auf den Torknauf, und als er sich mühelos drehen und das Tor sich öffnen ließ, folgte Gloria ihm hinein und über den knirschenden Kies zum Haus.

Auch hier empfing sie die Hausherrin, nachdem ein Mädchen die Karte des Viscounts überbracht hatte.

„Mylord", nickte Signora Aldrighetti in bester englischer Manier.

„Sehr erfreut, dass Sie uns empfangen, auch wenn der Anlass eher unerfreulich ist", begann der Viscount. „Lady Wingfield und ich wurden in die unseligen Ereignisse verwickelt, die einen jungen Veroneser das Leben kosteten. Es ist uns ein Anliegen, bei Ihnen vorstellig zu werden. Wir dürfen davon ausgehen, dass die Pistolen, die wir am Unglücksort fanden, wieder ihrem rechtmäßigen Besitzer zugeführt wurden?"

„Ja, die Waffen sind wieder hier." Die Signora stockte einen Augenblick, ehe sie sagte: „Aber vielleicht wollen Sie hereinkommen?"

Lord Lyndon verneigte sich zustimmend und sie folgten der Dame des Hauses in einen Salon links von der Eingangshalle.

Sofort fielen die großen, bis zum Boden reichenden Fenster und eine Glastür ins Auge, eingerahmt von schweren dunkelroten Vorhängen, die nun zurückgezogen waren und einen Blick hinaus auf blühende Rosenstauden und zwei in einigem Abstand voneinander parallel verlaufende Pfade in einem parkähnlichen Garten gewährten. Sessel und Chaiselongue des Salons waren mit champagnerfarbenem, mit roten Rosen gemustertem Canvas bezogen. Signora Aldrighetti bedeutete ihnen, Platz zu nehmen, und sie setzten sich. Die Hausherrin läutete ein helles Glöckchen, woraufhin unverzüglich das Mädchen erschien, die klaren, in raschem Italienisch gegebenen Befehle entgegennahm und hinauseilte.

Signora Aldrighetti drehte sich ihnen zu und sagte: „Ich lasse eine Erfrischung kommen."

„Danke, gerne", antwortete Gloria. Nach einem Augenblick ungemütlichen Schweigens fuhr sie fort: „Wir sind auch gekommen, weil wir uns Gedanken darüber machen, ob Giulio unschuldig ist. Möglicherweise hat er Luigi gar nicht getötet."

„Wie kommen Sie darauf?", fragte Signora Aldrighetti interessiert und setzte sich auf die Chaiselongue.

Sie war eine schlanke, schöne Frau mit dunkelbraunem Haar, das locker und ausladend hochgesteckt war und mittig von einem Knoten gehalten wurde. Sie trug ein schlichtes, wenn auch elegantes Hauskleid aus mattem, cremefarbenem Seidenstoff mit eingewebten Atlasstreifen. Ihre fast schwarzen Augen blickten Gloria freundlich fragend an.

„Wir fanden eine Kugel in einem Baumstamm", antwortete Lord Lyndon, und Signora Aldrighetti wandte ihm den Kopf zu. „Durch die Gegebenheiten vor Ort könnte es eine fehlgeleitete Kugel aus der Waffe sein, die

Signor Bongiovanni führte. Wäre dem so, muss Signor Tozzi von jemand anderem getötet worden sein. Ich habe dies auch der Polizei gegenüber dargelegt, doch man scheint sich für diese Möglichkeit nicht sonderlich zu interessieren. Ich nehme nicht an, dass sie hier war und eine Kugel mitnahm, um sie mit der gefundenen zu vergleichen?"

„Nein, soweit ich weiß."

„Man könnte es auch nicht mit Sicherheit bestimmen, doch es wäre immerhin ein Anhaltspunkt."

Signora Aldrighetti sagte: „Ich fürchte, die Polizei geht von einer eindeutigen Sachlage aus, auch wenn sich in mir alles sträubt, dies anzuerkennen. Denn sehen Sie: Giulio ein Mörder – fragen Sie in ganz Verona und Sie werden überall die gleiche Antwort erhalten: Niemals! Natürlich wäre es etwas anderes, handelte es sich um einen regulären Zweikampf. Giulio wäre einer Ehrensache niemals ausgewichen, das versteht sich von selbst. Aber das war kein regulärer Zweikampf. Das war ein dummer Streich junger Leute, der leider tödlich endete." Die Signora hielt inne und wartete, bis das Mädchen, das leise hereinkam, die zartgelbe Flüssigkeit in Gläser gegossen und sie ihnen dargereicht hatte.

„Zitronenlimonade", lächelte die Hausherrin und hob ihr Glas.

„Zum Wohl", sagte Lord Lyndon, hob ebenfalls sein Glas und nickte zuerst seiner Gastgeberin, dann Gloria mit einem aufgeräumten Lächeln zu.

Gleichzeitig stellten sie ihre Gläser ab, Gloria und der Viscount die ihren auf einem kleinen Nussholztisch, der zwischen ihren Sesseln stand.

„Nun", nahm Signora Aldrighetti den Faden wieder auf. „Ich kann mir wahrlich nicht vorstellen, dass Giulio sich einfach eine Pistole griff und Luigi erschoss. Hätten sie Streit gehabt, hätten sie es an Ort und Stelle ausgetragen. Alle anderen wären dabei gewesen, wenn sie auch großteils schliefen, wie mein Sohn mir berichtete. Aber so ..." Sie schüttelte den Kopf, sah in den Garten hinaus, ergänzte: „Eine ganz und gar rätselhafte Angelegenheit. Nein, ich kann es nicht glauben, auch wenn meine Tochter sich seit Tagen die Augen ausweint und behauptet, Giulio sei ein Mörder." Sie blickte Gloria und den Viscount wieder an und ergänzte: „Sie wissen, dass meine Tochter und der Getötete im Begriff waren, sich zu verloben?"

Man habe davon gehört, ja, erwiderte Lord Lyndon.

Aber Gloria hakte nach. „Ihre Tochter – Rosalinde, nicht wahr? – erzählt, dass sie es bereits waren."

Signora Aldrighetti lächelte nachsichtig. „Für sie waren sie es wohl auch. Sie hätte die Verlobung lieber heute als morgen bekanntgegeben." Sie griff nach ihrem Glas, nahm einen Schluck, hielt es in Händen und sah erneut hinaus in den Garten.

„Aber?", fragte Gloria und legte alle Einfühlsamkeit in ihre Stimme.

Signora Aldrighetti sah sie an, als hätte Gloria sie aus einem Traum zurückgeholt. Sie senkte den Blick auf das Glas in ihren Händen und sagte: „Luigi brauchte wohl noch etwas Zeit." Sie sagte es in einem abschließenden Tonfall, sodass Gloria nicht weiter nachfragte und stattdessen sagte: „Ist Ihr Sohn zu Hause? Ob wir wohl mit ihm sprechen könnten?"

Signora Aldrighettis Lächeln wirkte gequält, als sie antwortete: „Ja, er ist da. Er kommt nur zu den Mahlzeiten herunter. Befehl seines Vaters. Zur Bestrafung."

„Nun, Ihr Gemahl handelt seiner Pflicht gemäß.

Immerhin wurde durch das Verschulden seines Sohnes ein Mann getötet", warf Lord Lyndon ein.

Wieder so unsensibel!, dachte Gloria verärgert.

„Ja, dem ist wohl so", entgegnete Signora Aldrighetti ergeben.

„Als Vater ist es ihm natürlich ein Anliegen, den Sohn in die rechten Bahnen zu lenken", sagte Gloria, nun erst recht um einen einfühlsamen Ton bemüht. „Er tut mit Sicherheit alles, was in seiner Macht steht. Man darf davon ausgehen, dass es Ihrem Sohn leidtut, nicht wahr?"

„Natürlich", erwiderte Signora Aldrighetti, und Gloria sah ihr die Qual an, die es ihr bereitete, dass ihr Sohn derart unüberlegt gehandelt und dadurch einen Unglücksfall heraufbeschworen hatte. „Ich werde ihn rufen lassen." Schon läutete sie das Glöckchen, das Mädchen erschien, erhielt den Befehl und verschwand.

Alberto Aldrighetti sah so jung aus, wie er war (neunzehn, wie Gloria sich erinnerte), was nicht zuletzt an den trotzig aufgeworfenen Lippen und der offensichtlichen aufmüpfigen Haltung eines jungen Mannes lag, der sich zu alt für Bestrafung wähnte.

Signora Aldrighetti stellte sie einander vor und sag te: „Die englischen Herrschaften waren zufällig am Unglücksort. Sie möchten mit dir sprechen."

„Worüber?", fragte der junge Mann und stellte sich mit verschränkten Armen neben die Chaiselongue.

„Wir fanden eine weitere Kugel in einem Baumstamm", sagte Gloria geradeheraus und mit dem festen Willen, den widerspenstigen Habitus des jungen Mannes nicht zu akzeptieren. „Sie stammt womöglich aus Giulios Waffe."

„Was?" Alberto hatte zum Fenster hinausgesehen, jetzt zuckte sein Blick zu Gloria.

„Eine weitere Kugel“, wiederholte Lord Lyndon sachlich und im Tonfall eines Mannes, der sich bemühte, mit einem viel jüngeren „von Mann zu Mann“ zu reden. „Das legt den Verdacht nahe, dass jemand anderes als Giulio auf Luigi schoss.“

„Wer sollte das denn gewesen sein? Und wie sollte das gehen, ohne dass Giulio es bemerkt?“, warf Alberto schnippisch hin.

„Alberto, unsere Gäste sind nicht verantwortlich für deine missliche Lage, also benimm dich höflich!“, tadelte Signora Aldrighetti formvollendet sachlich und bestimmt.

Gloria lächelte den jungen Mann an. „Wir hatten gehofft, von Ihnen etwas über den Ablauf des Abends zu erfahren. Vielleicht gibt es ja einen Hinweis.“

„Sie glauben doch nicht, dass einer aus unserer Clique hingeht und seinen Freund erschießt?“

„War Giulio kein Freund?“, konterte Gloria mit einer Gegenfrage. „Er gehört doch auch zu Ihrer Clique.“

„Ich habe alles bereits der Polizei erzählt“, sagte Alberto noch immer starrköpfig.

„Alberto?“

„Schon gut, Mama. Aber erwarte nicht von mir, dass ich jemanden beschuldige!“

„Gäbe es denn jemanden zu beschuldigen?“, fragte Lord Lyndon ehrlich überrascht.

„Natürlich nicht!“, zischte der junge Mann. „Wir hatten Spaß! Was danach geschah, war ein Unglück.“

„Wo waren Sie, als es geschah?“

„Ich habe geschlafen. Nehme ich an.“

„Sie nehmen es an?“

„Weil ich nicht mitbekommen habe, wie sie aufbrachen. Ich erwachte wie alle anderen im Morgengrauen.“

„Warum haben Sie den Duellkasten zu Ihren Freunden gebracht?", wollte Gloria wissen.

Alberto schwieg.

„Das hat ihn sein Vater wieder und wieder gefragt, seien Sie dessen versichert!", sagte Signora Aldrighetti.

Gloria bewunderte die klare, nahezu neutrale Haltung der Signora. Es musste ihr peinlich sein, ein Vergehen, das ein Mitglied ihrer Familie begangen hatte und sie sicherlich mit Scham erfüllte, vor fremden Leuten ans Licht gezerrt zu sehen. Gleichwohl war deutlich zu spüren, dass sie hinter ihres Mannes Strafmaßnahme stand, wenngleich sie ihren Sohn natürlich liebte.

„Fand sich eine Antwort?", fragte Gloria die Signora.

„Wie war sie noch gleich?", wandte sich die Mutter an den Sohn, ganz so, als frage sie nach dem Titel eines Liedes, das sie gestern in der Oper gehört hatte.

„Ich wollte die Pistolen zeigen", antwortete Alberto trotzig.

„Wie Sie wahrscheinlich wissen, kenne ich Francesca seit jenem Unglücksmorgen. Sie erzählte mir, der Freundeskreis käme oft bei Ihnen im Garten zusammen. Wenn das so ist – weshalb zeigten Sie die Waffen ausgerechnet an jenem Abend?"

„Es ergab sich so."

„Und warum?"

„Ich erinnere mich nicht mehr."

„Alberto!", mahnte dessen Mutter.

Widerwillig sagte er: „Es kam die Rede auf Duelle. Keine Ahnung, wer davon anfing oder weshalb. Ich holte meines Vaters Duellkasten, um ihnen die Waffen zu zeigen."

„Gab es Streit?", fragte Gloria.

„Streit? Nein, wieso?"

„Nun, zwei junge Männer begeben sich im Morgengrauen auf einen Duellplatz, um sich mit Duellpistolen gegenüberzustehen. Es liegt nahe, dass dem ein Streit vorausging. Denn die Waffen waren geladen. Wer lud sie? Wann?"

„Es gab keinen Streit! Sticheleien vielleicht, harmlose verbale Hiebe unter Freunden."

„Um was ging es?"

„Was weiß ich, Politik, Pferde, Frauen ...", sagte Alberto mit einem Seitenblick auf seine Mutter.

Die griff nach ihrem Glas und tat, als habe sie das Letzte nicht gehört.

„Junger Mann, um ehrlich zu sein, hatten wir uns mehr von Ihnen erhofft", mischte Lord Lyndon sich ein. „Wir hörten, dass Sie ..."

Gloria legte ihm die Hand auf den Arm. „Bitte verzeihen Sie, wenn ich Sie unterbreche, Lord Lyndon, aber ich fürchte, die Schwüle macht mir zu schaffen. Wir sollten uns verabschieden."

Ihr entging nicht, dass Alberto über diese Wendung mehr als erleichtert schien. „Ich weiß, Sie mochten Luigi, es muss ein schwerer Verlust für Sie sein", sagte sie zu ihm, während sie sich erhob. Alberto nickte nur unbestimmt.

Signora Aldrighetti und Lord Lyndon erhoben sich ebenfalls.

„War Ihre Schwester übrigens auch dabei?", fragte Gloria Alberto.

„Nur am Anfang", antwortete er überrascht, weil er wohl keine Frage mehr erwartet hatte.

„Was meinen Sie, Signora Aldrighetti", wandte sich Gloria an die Hausherrin. „Ob wir Ihrer Tochter kurz kondolieren dürften? Auch wenn Italiens warmes Klima mir als Engländerin noch ein wenig zusetzt, gebietet dies doch der Anstand."

„Selbstverständlich", antwortete diese nickend und bemühte erneut das Glöckchen.

Schweigen hing über den Wartenden, das Gloria mit einer weiteren Bemerkung über die Unterschiede zwischen englischem und italienischem Wetter zu überbrücken suchte, wobei sie den grübelnden Blick Lord Lyndons auf sich spürte.

Als die Tochter des Hauses schließlich kam, deutlich von Kummer gezeichnet, fühlte sich Gloria wie schon vor zwei Tagen an der Poststation durch die Heftigkeit ihrer Reaktion bis ins Mark erschüttert.

Rosalinde blieb zunächst wie angewurzelt stehen, dann ging ein Beben durch ihren jungen Körper. „Mutter", sagte sie mit erregter Stimme. „Was will diese Person hier? Wieso hast du sie ins Haus gelassen? Weißt du nicht, auf wessen Seite sie steht? Sie setzt sich für Giulios Freilassung ein. Alle Welt spricht davon, dass sich eine englische Lady für ihn einsetzt. Für einen *Mörder*!" Die letzten Worte spie sie Gloria regelrecht vor die Füße. Ihre Augen schimmerten tränenfeucht.

„Lady Wingfield ist gekommen, um dir zu kondolieren."

„Ich will ihre Anteilnahme nicht!", giftete Rosalinde, drehte sich auf dem Absatz um und rauschte aus dem Zimmer.

„Sie hat ihren Bräutigam verloren, bitte verzeihen Sie!", nahm Signora Aldrighetti ihre Tochter in Schutz. „Sie leidet furchtbar. Ich bitte Sie um Nachsicht für dieses gleichwohl unhöfliche Benehmen", sagte sie.

Erstaunt, wie es schien, hatte der junge Aldrighetti den Gefühlsausbruch seiner Schwester mitverfolgt. Er starrte noch immer auf die Tür, durch die sie verschwunden war.

„Ich muss schon sagen, Lady Wingfield!"

Gloria, unsicher, ob nun ein Tadel folgte, weil sie sehr direkt vorgegangen war und ihm kaum die Möglichkeit gelassen hatte, etwas zu sagen, schaute Lord Lyndon an. Sie las Anerkennung in seinem Gesicht und – freute sich darüber.

Sie lehnte sich in den ledernen Sitz der Kalesche zurück und sagte: „Bitte verzeihen Sie, dass ich Sie zuvor nicht ausreden ließ, aber ich wollte vermeiden, dass Sie vor seiner Mutter von den Spielschulden anfangen. Sie wollten doch die Spielschulden erwähnen?"

Der Ausdruck förmlicher Anerkennung wich überraschtem Erstaunen. Aber schon fing er sich wieder und sagte: „Nun, es lag nahe, Sie hatten ihn noch nicht dazu befragt."

„Ich tat es absichtlich nicht. Vor seiner Mutter hätte er Ausflüchte gesucht."

„Natürlich", entgegnete er steif.

„Es wird Sie nicht überraschen zu hören, dass auch Alberto etwas verschweigt."

„Verzeihen Sie mir die Frage, aber Sie lesen nicht zufällig Kriminalromane?"

Gloria dachte an „Studie in Scharlachrot" und Sherlock Holmes und antwortete lächelnd: „Nein."

„Ich gebe zu, dass sich Alberto äußerst widerspenstig und von daher verdächtig verhalten hat. Immerhin brachte er die Waffen. Doch welchen Grund sollte er haben, Signor Tozzi zu erschießen, da er doch so an ihm hing, wie Signor Bongiovanni uns erklärte."

„Das ist es, was wir herausfinden müssen, Lord Lyndon."

„Nun, Spielschulden sind ein durchaus plausibler Grund, sich eines Gegners zu entledigen", sinnierte der Viscount.

„Halten Sie an!", befahl Gloria Finley, was dieser mit einem überraschten Ausruf und Lord Lyndon mit einem ebenso überraschten Blick quittierte.

„Habe ich ... Madam ...?", stotterte Lord Lyndon, während Finley versuchte, die Kalesche wenig verkehrsbehindernd zum Halten zu bringen, denn sie befanden sich kurz vor der Einmündung zur Piazza San Zeno und das Gedränge nahm zu. Gloria blickte die Straße zurück. Wenn sie nicht alles täuschte, waren sie kurz zuvor am Haus eines Schreibers vorbeigekommen. Sie hatte im Vorbeifahren flüchtig ein Schild neben einer Tür wahrgenommen, auf dem eine Schreibfeder neben verschnörkelten Wörtern wie „notaio" und „corrispondenza irgendwas" zu erkennen war.

„Einen Augenblick", sagte sie und stieg aus.

„Aber Lady Wingfield, was haben Sie denn vor?", rief Lord Lyndon verwundert. „Sie können doch nicht einfach hier mitten auf der Straße ..."

„Sie sehen doch, dass ich kann", erwiderte Gloria, lächelte ihn an – und ging.

Als sie keine zehn Minuten später wieder neben Lord Lyndon Platz nahm, war deutlich zu erkennen, dass dieser seinen Unmut zu bezwingen suchte. Seine Wangenknochen – zumindest die auf seiner rechten Seite, die ihr zugewandt war – mahlten, er schaute stur geradeaus und umklammerte den Knauf seines Schirms so fest, dass Gloria sicher war, dass seine Knöchel unter den Handschuhen weiß waren.

Sie wusste, dass sie sich leicht kapriziös benommen hatte. Aber das kümmerte sie nicht, auch wenn er dies mit Sicherheit für überspannt hielt. Zumindest strengte es ihn an, Sprunghaftigkeit schien ihm ein Gräuel (so, wie die Wangenknochen auf und ab gingen!). Er tat ihr ein bisschen leid. Aber hauptsächlich fühlte sie sich beschwingt. Die Kalesche überquerte die Piazza San Zeno und Gloria begriff, woher diese Beschwingtheit rührte. Es lag in ihrer Macht, seinen Missmut zu vertreiben, indem sie sich erklärte, und ihn damit zu jener Haltung zurückzwang, die sie in den vergangenen Stunden an ihm gemocht hatte, wie sie feststellte. Der Haltung eines verständigen Gefährten.

„Bitte halten Sie mich nicht für exzentrisch, ich habe lediglich unsere Sache vorangetrieben", sagte sie betont warmherzig (und es klang selbstverständlich und richtig: „unsere Sache") und erntete so prompt ihre Früchte, dass ihr Herz einen Satz machte. Sein Kopf ruckte zu ihr herum und einen Augenblick noch kämpfte die Wut über sie mit der Neugier, dann gewann Letztere die Oberhand und er sagte, wenn auch trotzdem gallig: „Und Sie hätten mich nicht vorher darüber in Kenntnis setzen können? Nein? Sie mussten mich in Sorge zurücklassen, ob ich Sie etwa gekränkt hätte und Sie auf und davon geeilt wären."

„Das habe ich nicht bedacht. Es tut mir leid."

„Angenommen. Nun?"

„Ich habe in dem Schreibbüro dort hinten einen Boten beauftragt, unverzüglich mit einer Nachricht zu Francesca aufzubrechen. Ich schrieb ihr, dass wir dringend Namen und Adresse desjenigen benötigen, der ihr davon erzählte, dass Giulio und Luigi auf dem Duellplatz einen Kampf auf Leben und Tod ausfechten. In der Nacht des Gelages liegt der Schlüssel zu allem."

Lord Lyndon hatte sie angesehen, bei ihren letzten Worten blickte er wieder nach vorne. Der Wangenknochen ging einmal auf und ab.

„Würden Sie den Tee mit mir nehmen, Lady Wingfield?", fragte er.

Kapitel 16

In Lord Lyndons schmalem Oberlippenbart hatte sich – wie auch immer – ein Tröpfchen Sahne verfangen.

In der Hoffnung, dass er es selbst bemerkte (ihn darauf aufmerksam zu machen, kam selbstredend nicht in Frage), sah sich Gloria im bezaubernd schönen Teesalon des Grand Hôtel de Londres um. Tapete, Tischdecken und die Bezüge der Sitzmöbel waren farblich aufeinander abgestimmt in Elfenbein-, Weizen- und Indischgelb gehalten. Zimmerpalmen in braunroten Kübeln setzten ebenso Farbakzente wie die rostroten Bordüren an den Vorhängen der großen Fenster, durch die man hinaus in die Grünanlage blickte.

Gloria kostete ihren Kuchen, ein süßer Traum mit kandierten Zitronenstückchen, und schloss genießerisch die Augen.

Lord Lyndon räusperte sich. Sie sah zu ihm hinüber und stellte erleichtert fest, dass er das kleine Malheur bemerkt und die Sahne entfernt hatte. Sie lächelte ihn an. Er lächelte zurück, dann senkte er den Blick auf sein Törtchen. Sie aßen schweigend. Hin und wieder grüßten andere Hotelgäste im Vorübergehen und sie erwiderten den Gruß.

„Lady Wingfield", fand Lord Lyndon schließlich zur Sprache zurück, „ich fürchte, ich muss meine Meinung überprüfen. Erschien mir Ihr Ansinnen zunächst in höchstem Maße wirklichkeitsfern, so denke ich inzwischen, dass Ihre Beharrlichkeit womöglich dazu führt, einen Unschuldigen vor ungerechter Strafe zu bewahren. Zu Ihrer äußerst vernünftigen Entscheidung, mich als Begleiter hinzuzuziehen, kann ich Sie nur beglückwünschen."

Obwohl Gloria ihm insgeheim recht gab – dass ein Gentleman an ihrer Seite stand, fügte sich in die Umgangsformen und öffnete daher leichter Türen –, ärgerte sie sich doch einmal mehr über seine selbstgerechte Haltung. Wie er es sagte, hörte es sich an, als sei sie dank ihm *vernünftig* geworden. Natürlich war es gutzuheißen, vernünftig zu sein. Doch sie war es aus sich heraus und nicht, weil ein anderer sie dazu gemahnte, es zu sein. Die meisten Männer definierten ‚vernünftig sein' nach *ihren* Regeln, und alles, was jenseits dieser Regeln lag, galt demnach als unvernünftig. Das war es, was sie sich im vergangenen Jahr so oft hatte anhören müssen; das war es, dessen sie so leid war.

„Ich bin erfreut darüber, dass sich ein Gentleman als so überraschend nützlich erweist", gab sie daher mit einem süffisanten Lächeln zurück.

Verblüfft hielt er inne, seine Kuchengabel schwebte in der Luft, er sah sie an, blickte schließlich auf das Kuchenstückchen und schob es in den Mund.

„Und Sie könnten sich weiterhin nützlich machen, indem Sie mir dabei helfen, eine Liste zu erstellen."

Er betupfte den Mund mit der cremefarbenen Serviette und fragte: „Was für eine Liste wollen Sie denn erstellen?"

„Helfen Sie mir?"

„Aber ich weiß ja nicht wobei!", lachte er gönnerhaft im Stil eines Onkels, der den Spielen einer drängenden Nichte nicht recht folgen möchte, weil sie in einer absurden Kinderwelt beheimatet sind, der er längst entwachsen ist.

„Ich werde kein weiteres Wort sagen, ach was, kein einziges Wort werde ich je überhaupt wieder mit Ihnen wechseln, wenn Sie nicht augenblicklich damit aufhören, mich wie ein törichtes Mädchen zu behandeln!", sagte sie leise, aber bestimmt und blickte ihn dabei fest an.

Sein Erstaunen war so groß, dass er sie lediglich anstarrte. Aber er fing sich, sein Blick zuckte nach rechts und links, ehe er ihn auf sie heftete, und antwortete: „Nun, es tut mir leid, wenn Sie das so empfinden, Lady Wingfield. Selbstverständlich wollte ich Sie nicht kränken."

„Selbstverständlich nicht."

„Bitte verzeihen Sie."

„Ich verzeihe Ihnen."

„Eine Liste also?"

„Dessen, was wir bisher herausfanden."

„Sie wollen es aufschreiben?"

„Es könnte nützlich sein."

Er winkte einem Kellner. „Papier und Stift, bitte!", ordnete er an, als der Bedienstete herangekommen war.

„Sehr wohl, Mylord."

Kurz darauf lag das Geforderte vor Lord Lyndon auf dem Tisch. Gloria nahm den letzten Bissen Kuchen und schob ihren Teller zur Seite.

„Bitte reichen Sie es mir", sagte sie und streckte die Hand aus.

„Bitte sehr."

„Danke sehr."

Sie schrieb „Was wir wissen" als Überschrift und malte eine Eins darunter. „Also", begann sie und blickte nachdenklich auf das Blatt Papier. „Nein, warten Sie, ich mache es anders."

Sie schrieb. Lord Lyndon wartete.

Als sie fertig war, reichte sie ihm das Blatt, auf dem stand:

1. Es gab ein Gelage, bei dem die Rede auf Duelle kam. Warum? Noch immer nicht geklärt.

2. Dieses Gerede veranlasste Alberto, die Duellwaffen seines Vaters zu holen. Um sie zu zeigen (wie er sagt).

3. Laut Giulio verehrte Alberto Luigi. Aber er hatte auch Spielschulden bei ihm.

4. Luigis Mutter neidet Giulio seine adelige Herkunft. Sonst noch jemand?

5. Allgemein hält man Giulio für den Mörder (Rosalinde, die Polizei, Luigis Mutter); Francesca und Signora Aldrighetti glauben an seine Unschuld.

6. Es gibt eine dritte Kugel, gefunden in einem Baumstamm, die möglicherweise aus Giulios Waffe stammt.

Lord Lyndon hatte zu Ende gelesen und reichte ihr das Papier zurück. „Es ist aufschlussreich", sagte er. „Aber ich kann daraus beim besten Willen nicht ableiten, wer den bedauernswerten Luigi erschossen haben könnte – falls es Giulio wirklich nicht war."

„Ich auch nicht", gestand Gloria. „Aber es hilft beim Nachdenken. Zum Beispiel – ich habe es ja unterstrichen – wäre die Frage zu klären, warum es überhaupt zu einem Gespräch über Duelle kam. Gab es einen aktuellen Anlass? Oder lag der Grund in der Gruppe selbst? Wollte Alberto lediglich prahlen, als er seines Vaters Waffen holte, oder hatte er anderes im Sinn? Falls er vorhatte, Luigi wegen seiner Schulden bei ihm zu töten, wie brachte er dann Giulio dazu, Luigi zum Duellplatz zu folgen, sodass es aussah, als hätten diese beiden sich gestritten?"

„Sie vergessen, dass Alberto Luigi verehrt. Verehrte vielmehr."

„Verehrung kann in Hass umschlagen, wenn Gefühle verletzt oder Erwartungen enttäuscht werden. Alberto kann die Waffen in voller Absicht geholt haben. Da sein Vater Waffen sammelt, könnte er für sich selbst eine andere Pistole mitgebracht haben. Und diese später benutzt haben, um Luigi zu erschießen."

„Das ist zu ungewiss. Wie Sie schon sagten: Er konnte ja nicht voraussehen, dass Giulio tatsächlich mit Luigi loszog."

„Vielleicht gibt es etwas, von dem Alberto weiß, dass es Giulio wütend macht. Er braucht bloß die Sprache darauf zu bringen. Wir haben gehört, Luigi sei jähzornig gewesen. Und er beneidete Giulio. Womöglich kam es doch zum Streit zwischen den beiden."

„Und sie ziehen los, sich zu duellieren, und Alberto folgt ihnen heimlich?" Lord Lyndon zog zweiflerisch die Augenbrauen hoch. „Gewagt."

„Hm", stimmte Gloria zu. „Aber Sie müssen zugeben, Alberto käme am ehesten in Frage. Sie haben ihn erlebt. Er ist hitzköpfig. Vielleicht hat er es darauf angelegt und sich in Bereitschaft gehalten."

„Alberto kommt deshalb am ehesten in Frage, weil wir keinen anderen aus der Gruppe kennen", antwortete Lord Lyndon.

„Das ist allerdings wahr“, gab Gloria ihm recht. „Fazit: Die Lösung muss bei dem Gelage liegen.“ Gloria schrieb den Satz unter die Aufzählung und unterstrich das Wort „Fazit“. „Sehen Sie“, sagte sie und blickte Lord Lyndon ins Gesicht, „es war vorausschauend, Francesca um den Namen desjenigen zu bitten, der ihr sagte, dass ihr Verlobter im Begriff war, sich zu duellieren. Vielleicht ist ihre Antwort bereits eingetroffen.“

„Wenn dem so wäre, was haben Sie vor?“

„Zu ihm fahren und ihn befragen natürlich.“

Kapitel 17

Tante Jo saß im Foyer des Colomba d'Oro und blätterte in einer Modezeitschrift.

„Da bist du ja, Liebes!", rief sie, als Gloria auf sie zuging. „Und Lord Lyndon ist auch dabei, wie reizend!"

Gloria hatte ihrer Tante vom Grand Hôtel de Londres ein Billett geschickt, dass sie mit dem Viscount den Tee nehmen und anschließend zu ihr ins Hotel zurückkehren würde. Sie küsste sie auf die Wange, ehe sie sich neben sie setzte. Lord Lyndon beugte sich über Tante Jos Fingerspitzen.

„Waren Ihre Unternehmungen erfolgreich?", fragte Tante Jo, während sie den Handkuss entgegennahm.

„Womöglich", antwortete Lord Lyndon und nahm in einem Sessel Platz. „Wir konnten sowohl mit dem Inhaftierten als auch mit der Mutter des Getöteten sprechen. Außerdem statteten wir jener Familie einen Besuch ab, in deren Garten das Gelage stattfand."

„Was macht er für einen Eindruck?", fragte Tante Jo.

„Wer?", fragte Lord Lyndon irritiert.

„Er scheint genauso zu sein, wie Francesca ihn beschrieben hat", antwortete Gloria und signalisierte

Lord Lyndon mit einem Stirnrunzeln, dass es doch klar war, wen ihre Tante meinte. „Ein feinsinniger junger Mann, der allerdings glaubt, dass er seinen Freund erschossen hat, und darüber recht verzweifelt ist."

„Ihr habt ihm von der gefundenen Kugel erzählt?"

„Ja", nickte Gloria. „Doch er denkt ebenso wie die Polizei, dass sie schon länger dort gewesen sein könnte."

„Wie dumm, dass man nicht herausfinden kann, ob dem so ist, nicht wahr?", erwiderte Tante Jo.

Lord Lyndon schenkte ihrer Tante ein kleines, mechanisch wirkendes Lächeln, gefolgt von einem nachdenklichen Ausdruck.

„Wie auch immer, hattest du einen angenehmen Nachmittag?", fragte Gloria.

„Oh, durchaus!", entgegnete Tante Jo. „Ich habe mich im Garten ausgeruht. Bei dem kleinen Teich haben sie Stühle aufgestellt und man kann wunderbar im Schatten der Palmen sitzen. Ein Page serviert Limonade oder kühlen Wein. Ich habe mich mit zwei Schweizer Damen unterhalten, die heute Vormittag aus Venedig kamen. Entzückende Ladies, ganz zauberhaft."

„Es freut mich zu hören, dass du dich nicht einsam gefühlt hast", sagte Gloria.

„Oh, das habe ich gewiss nicht, Liebes. Wir haben auch den Tee zusammen eingenommen. Ich habe sie für den Abend an unseren Tisch eingeladen, ich hoffe, das ist dir recht?"

„Selbstverständlich, Tante Jo."

„Wunderbar. Erweisen auch Sie uns wieder die Ehre und speisen mit uns?", fragte Tante Jo den Viscount.

„Nun, Lady Blythe ..."

„Zieren Sie sich nicht! Wir benötigen Sie um des

männlichen Gleichgewichts willen!", schmunzelte Tante Jo. „Sollte mich nicht wundern, wenn wir den österreichischen Kaufmann sonst überfordern!"

Lord Lyndon verzog die Lippen zu einem schiefen Lächeln. „Natürlich", murmelte er.

„Ich gehe fragen, ob eine Nachricht für mich gekommen ist", sagte Gloria und erhob sich, woraufhin Lord Lyndon ebenfalls aufstand.

„Du erwartest eine Nachricht?", fragte Tante Jo verdutzt und sah sie neugierig an.

„Von Francesca, ja."

„Wir sind zu der Überzeugung gelangt, dass wir mit einem weiteren Mitglied des Freundeskreises sprechen sollten, der an jenem Abend zusammenkam", erläuterte Lord Lyndon.

Gloria, überrascht von der Wendung „Wir sind zu der Überzeugung gelangt" (vor allem über das „Wir" darin), schaute den Viscount an. Der sah auf Tante Jo hinab, die unmerklich schmunzelte und sagte: „So, sind Sie das?"

Zur Bestätigung verbeugte er sich leicht.

„Ihr entschuldigt mich einen Augenblick", sagte Gloria und machte Anstalten, zur Rezeption zu gehen, als ein Page kam, um ihr ein Billett auszuhändigen. „Dies wurde soeben für Sie abgegeben, Mylady", sagte der Jüngling in einem bezaubernd italienisch gefärbten Englisch.

Gloria bedankte sich und ließ sich wieder neben ihrer Tante nieder.

„Wir haben Glück", sagte sie, als sie die Nachricht gelesen hatte, aufblickte und den Viscount ansah. „Francesca schreibt, besagter Freund von ihr käme gegen halb sechs Uhr nach Hause, wir müssten ihn also antreffen."

„Du möchtest jetzt noch weg?", fragte Tante Jo. „Aber das wird knapp. Bedenke, dass du dich noch zum Dinner umkleiden musst."

„Eben deshalb haben wir Glück. Der junge Mann wohnt in der Nähe des Corso Vittorio Emanuele. Es ist nicht weit bis dahin. Kommen Sie, Lord Lyndon!"

Salvatore Guardini war ein hübscher junger Mann Anfang zwanzig, der soeben seine Ausbildung zum Rechtsanwaltsgehilfen abgeschlossen hatte und in einer Anwaltskanzlei in der Via Pallone arbeitete, wie er Gloria und Lord Lyndon erklärte, kaum dass er sie durch den Hausflur, in dem es nach Gebratenem roch, in einen geräumigen Salon geführt hatte. Er bat sie, Platz zu nehmen.

Gloria entschuldigte sich dafür, dass sie ihn derart überraschend überfielen. Guardini verzog die Lippen und machte einen Schlenker mit der Hand, jene typisch italienische Geste, die besagte, dass es keine Rolle spiele. Von irgendwo im Haus war das Geschrei zweier Frauen zu hören, einer älteren und einer jüngeren. „Meine Mutter und meine kleine Schwester", erklärte der junge Mann unaufgefordert und lächelte. „Sie diskutieren die Garderobe für Marias ersten Ball." Er öffnete noch einmal die Tür, schrie eine Anweisung und setzte sich schließlich zu ihnen. „Nun, Sie wollten mit mir sprechen, sagten Sie. Ich hoffe, ich kann Ihnen nützlich sein." Er strich sich eine dunkelblonde Locke aus der Stirn und sah sie erwartungsvoll an.

„Wir sagten Ihnen ja bereits, dass wir zufällig in diese Sache hineingerieten", ergriff Gloria das Wort. „Ich fühle mich Francesca verpflichtet, sie bat mich, ihr zu helfen, denn sie glaubt an die Unschuld ihres Verlobten."

„Das würde jede ehrsame Braut tun, nicht wahr?", lächelte Guardini gefällig.

„Wahrscheinlich", gab Gloria zurück. „Wir haben Signor Bongiovanni heute Vormittag im Degli Scalzi aufgesucht. Er ist verwundet."

„Ich weiß, so etwas spricht sich schnell herum."

„Denken Sie denn auch, dass er unschuldig ist?", fragte Gloria.

Der junge Mann neigte den Kopf, und die Locke fiel ihm wieder ins Gesicht. „Ich weiß nicht, was ich denken soll", antwortete er, blickte dabei auf und strich die Locke wieder zurück. Sie war von einer Länge, die nicht ausreichte, sie hinter dem Ohr zu halten, sodass sie ihm, kaum dass er den Kopf Lord Lyndon zuwandte, erneut vors Auge fiel. Er strich sie wieder zurück.

„Wir haben uns gefragt, ob es an jenem Abend womöglich einen Streit gegeben hat", sagte Lord Lyndon. „Einen Streit, der dazu führte, dass einer von beiden sich in seiner Ehre gekränkt fühlte."

„Was sagte Giulio dazu?"

„Er sagte, dass die Rede auf Duelle kam, was den jungen Signor Aldrighetti dazu veranlasste, die Duellwaffen seines Vaters zu holen", antwortete Gloria. „Signor Guardini, warum sprach man von Duellen?"

Der junge Mann schwieg.

„Wir hörten zudem, dass der junge Aldrighetti Spielschulden bei dem Getöteten hatte. Wissen Sie etwas darüber?", fragte Lord Lyndon.

Der junge Mann biss sich auf die Unterlippe.

„Hören Sie", sagte Gloria und achtete wieder einmal auf einen einfühlsamen Tonfall. „Wir wollen weder Ihnen noch Ihren Freunden Schwierigkeiten bereiten. Alles, was wir wollen, ist, einem verzweifelten Mädchen zu helfen und vielleicht einen Unschuldigen vor dem Gefängnis zu bewahren. Sie waren es, der Francesca berichtete, dass die beiden Männer zu einem Zweikampf aufgebrochen waren. Also ist Ihnen das Schicksal Ihrer Freunde nicht gleichgültig. Bitte erzählen Sie uns, was an jenem Abend vorfiel."

Ein leises Klopfen an der Tür, die kurz darauf geöffnet wurde. Ein Dienstmädchen brachte ein Tablett, auf dem eine Karaffe leuchtend roten Weines samt drei Kristallgläsern stand. Das Mädchen knickste, murmelte etwas auf Italienisch und stellte das Tablett auf dem Tisch ab. Sie verharrte einen Augenblick, unsicher, sah verstohlen auf den jungen Guardini. Der bedeutete ihr mit einem Handschlenker, die Gläser zu füllen. Nachdem dies getan war, knickste das Mädchen erneut und zog sich zurück.

„Bitte", sagte Guardini und reichte Gloria ein Glas. Nachdem auch Lord Lyndon versorgt war, griff er selbst zu, hob sein Trinkgefäß leicht an und nickte ihnen prostend zu.

Die Gläser wurden wieder abgestellt, die widerspenstige Locke erneut zurückgestrichen.

„Wir waren alle betrunken", begann Salvatore Guardini. „Sturzbetrunken. Der alte Aldrighetti war nicht da und Alberto gefiel sich in der Pose des Hausherrn mit gut gefülltem Weinkeller. Nicht dass uns Albertos Vater sonst gestört oder gemaßregelt hätte, er ist Offizier und kennt derlei Gelage. Aber wir fühlten uns wohl besonders frei, da er weg war." Guardini zuckte die Schultern. „Wir spielten Karten und diskutierten. Die staatliche Förderungspolitik des Industriewesens, städtische Belange, Musik, Frauen." Der junge Mann grinste. „Verzeihen Sie, Lady Wingfield, aber es ist Ihnen sicher nicht unbekannt, dass Männer, wenn sie unter sich sind, auch über Frauen reden."

Gloria lächelte nachsichtig.

„Sie spielten Karten. Gab es etwa darüber Streit?", fragte Lord Lyndon und machte ein betont neutrales Gesicht, sodass Gloria vermutete, dass er vom brisanten Thema „Frauen" ablenken wollte.

Guardini griff den Stiel seines Glases, drehte es ein, zwei Mal, ehe er sagte: „Nein."

Sein Schweigen daraufhin, sein nachdenklich auf das Glas gesenkter Blick – Gloria begriff, dass der junge Mann noch etwas zu sagen beabsichtigte, aber mit sich rang, ob er es auch tatsächlich tun sollte.

„Hören Sie, Signor Guardini", begann sie, „vielleicht hilft das, was Sie beobachtet haben, Ihrem Freund."

„Sehen Sie, Lady Wingfield, die Sache ist die: Wenn ich erzähle, was geschah, belastet das Giulio eher, als dass es ihn entlastet."

„Oh", entfuhr es Gloria.

„Dann sollten Sie um der Gerechtigkeit willen erst recht sprechen", sagte der Viscount im rechtschaffenen Tonfall eines Bürgers der zivilisierten Welt. „Und Lady Wingfield hätte ihrer Pflicht Genüge getan, auch wenn sie diesem armen Mädchen eine niederschmetternde Nachricht überbringen müsste."

„So oder so sitzt Giulio im Gefängnis", murmelte Guardini, den Blick noch immer auf sein Glas geheftet.

„Haben Sie der Polizei erzählt, was in jener Nacht vor sich ging?", fragte Gloria.

Guardini sah endlich auf, strich die Locke zur Seite. „Nein. Man begnügte sich damit, Alberto zu befragen. Die Sache schien ja klar." Wieder zuckte er die Schultern. „Ist sie ja wohl auch."

„Dann erzählen Sie uns doch weshalb", bat Gloria.

Guardini schien sich einen Ruck zu geben, er setzte sich aufrecht hin, hielt das Glas in der Hand und sah auf es hinab. „Es ging wieder einmal um Francesca."

„Um Francesca?", fragte Gloria überrascht.

Guardini nickte. „Luigi hatte immer schon ein Auge auf sie."

„Aber sie ist doch mit Giulio verlobt", warf Gloria ein.

„Eben." Guardini nahm einen Schluck Wein und stellte sein Glas dann ab. „Luigi hat nicht verwunden, dass Francesca sich für Giulio entschied. Er prahlte oft damit, der besser Aussehende und Erfahrenere zu sein."

„Sie wollen damit doch nicht andeuten, dass sich die beiden Kontrahenten tatsächlich wegen einer Frau gegenüberstanden?", sagte Lord Lyndon ungläubig. „Welch eine Dummheit!", setzte er hinzu und stieß unwirsch Luft aus.

Bei seinem harschen Tonfall zuckte Gloria innerlich zusammen. Verstohlen sah sie zu ihm hin und entdeckte eine Härte in seinem Gesicht, die sie erschreckte. Zynismus, Kühle und Blasiertheit hatte sie bereits an ihm gesehen, aber diese steinharte Miene war ihr neu. Unwillkürlich fragte sie sich, was die Ursache dafür sein mochte. Ob er etwas Dahingehendes erlebt hatte? Es geschah ja durchaus, dass sich zwei Männer wegen einer Frau duellierten, auch wenn diese Art Ehrenhändel (tatsächlich jede Art von Ehrenhändel) in England seit Jahrzehnten so gut wie nicht mehr üblich war, was Gloria befürwortete, denn schließlich maß sich eines Mannes Ehre an dessen Großherzigkeit sowie an der Reinheit seines Handelns und nicht lediglich daran, ob er einem anderen mit einer geladenen Waffe gegenüberzustehen imstande war.

„Keineswegs", widersprach Guardini und setzte nun seinerseits eine kühle Miene auf. „Es dürfte auch in Ihrem Land nicht als Dummheit gelten, die Frau Ihres Herzens zu verteidigen."

„Selbstverständlich gründet die Ehre eines Mannes auch in seinem Mut, sich für eine Sache einzusetzen", erwiderte Lord Lyndon eisig. „Ein Gentleman indes hat es nicht nötig, gleich aus welchem Grund, auf diese überholte Weise Genugtuung zu fordern."

Sein Gesicht war eine undurchdringliche Maske, aber Gloria, die auf der Chaiselongue neben ihm saß, spürte deutlich, dass diese Gesprächswendung ihn aufwühlte. Um die Situation nicht schlimmer zu machen, sagte sie: „Lord Lyndon und ich hatten Gelegenheit, mit Luigis Mutter zu sprechen. Um ehrlich zu sein, hatten wir den Eindruck, sie neide Giulio seine adelige Herkunft. Ging es Luigi ebenso? Dachte er, Francesca habe ihn aus diesem Grund verschmäht?"

Guardini winkte ab. „Die Tozzis gehören wie die Bongiovannis zur Notabilität der Stadt. Die Aristokratie genießt seit Langem keine Standesprivilegien mehr. Niemand neidet Giulio seine Herkunft, zumal er keinen Titel trägt. Luigis Mutter mag eine Ausnahme bilden. Sie ist bekannt dafür, alles, was blaues Blut hat, zu beneiden, weil sie es selbst nicht hat."

Gloria fühlte sich durch den leicht abfälligen Tonfall seines letzten Satzes ein wenig angegriffen, immerhin war auch sie „blaublütig", ebenso natürlich der Viscount.

Guardini bemerkte es, setzte ein entschuldigendes Lächeln auf und sagte: „Was ich damit sagen will, ist, es gibt keinen standesmäßigen Unterschied zwischen Giulio und Luigi, dessen Vater als Verwalter der Festungsanlagen ein Beamter der Stadt ist. Francesca wählte Giulio, weil sie ihn liebt. *Das* gefiel Luigi nicht. Es kratzte an seinem Stolz, denn er konnte nicht verstehen, dass eine ihm widersteht, Sie verzeihen, Lady Wingfield."

Gloria nickte. „Und an jenem Abend?"

„Stichelte Luigi mal wieder. Prahlte, er könne Francesca verführen – verzeihen Sie erneut, Mylady, Sie wollten es hören."

„Nur zu", sagte Gloria und griff nach ihrem Weinglas.

„Er schwatzte auf Giulio ein. Er brüstete sich, wurde auch schamlos, um Vergebung, Mylady. Einige redeten ihm zu, er solle es gut sein lassen, doch je betrunkener er wurde, je weiter die Nacht voranschritt, desto mehr redete er sich in Glut. Alberto stachelte ihn auch noch dazu an. Von da war es nicht weit zu Äußerungen wie ‚Edelmänner verteidigen die Ehre ihrer Frau', und im Handumdrehen war man beim Thema ‚Duell'. Alberto schleppte schließlich diesen Duellkasten seines Vaters an, und eine Weile war man allgemein damit beschäftigt, sich über die Beschaffenheit der Waffen auszulassen, mit ihnen herumzufuchteln und sich in dummen Posen in einem vermeintlichen Duell aufzustellen."

„Warum, denken Sie, stachelte Alberto Luigi an?"

„Wollen Sie meine Meinung hören?"

„Natürlich, deshalb sind wir hier", antwortete Gloria und schloss Lord Lyndon in diese Aussage mit ein, indem sie kurz zu ihm hinübernickte. Seine Miene war noch immer wie versteinert.

„Alberto lebt durch Luigi. Er eifert ihm nach. Alles, was Luigi tut, ist großartig für Alberto. Deshalb redete er ihm zu. Sein Held in einem Zweikampf – bestens!"

„Aber das verstehe ich nicht", warf Gloria ein. „Wenn Luigi sich tatsächlich derart ...", sie räusperte sich, „derart anstößig äußerte, hätte Alberto da nicht im Gegenteil wütend auf ihn sein müssen? Immerhin war Luigi mit seiner Schwester verlobt. Es musste doch Albertos Ehre kränken, wenn Luigi lose Reden um ein anderes Mädchen führte."

„Verlobt?"

„Rosalinde, Albertos Schwester, ja."

„Dass sie verlobt waren, wusste ich nicht."

„Das scheint niemand gewusst zu haben", sagte Gloria.

„Sie wollten sich in Bälde verloben", Guardini zuckte mit den Schultern, „wahrscheinlich betrachtete Rosalinde Luigi daher bereits als ihren Bräutigam."

Das leuchtete Gloria ein. Sie dachte daran, dass auch sie Nicholas als ihren Bräutigam und Mann angesehen hatte – auch wenn sie ihn fürs Erste nicht heiraten konnte. Aber das war jetzt bedeutungslos, denn Nick war tot, und so drängte sie diese Gedanken beiseite und sagte: „Aber um noch einmal darauf zurückzukommen, hat es Alberto nicht wütend gemacht, dass der zukünftige Verlobte seiner Schwester davon sprach, ein anderes Mädchen verführen zu wollen?"

„Erst recht, da er bei besagtem zukünftigen Verlobten Spielschulden hatte?", warf Lord Lyndon ein.

„Nun, eigentlich diskutiert man solcherlei nicht vor einer Lady, aber ... Sie wissen sicher, Lord Lyndon, wie es in Männerrunden zugeht. Man spricht von gewissen delikaten Dingen, gleich ob man verlobt oder verheiratet oder nichts von beidem ist."

Lord Lyndon schwieg geflissentlich.

„Mochte Luigi Alberto?", fragte Gloria.

„Sagen wir, er sonnte sich in dessen Bewunderung. In diesem Licht ist auch die Sache mit den Spielschulden zu sehen. Alberto ist mit seinen neunzehn Jahren drei Jahre jünger als Luigi. Bei Luigi, der zudem älter und reifer *wirkte*, ‚Spielschulden' zu haben, erfüllte ihn mit Stolz, denn es hob ihn in den Erwachsenenstand, wenn Sie verstehen, was ich meine. Und indem Luigi Alberto mit diesen Schulden immer wieder konfrontierte, signalisierte er ihm, dass er ihn ernst nahm und als Erwachsenen behandelte. So etwas liebte Luigi ungemein, und Alberto schmeichelte es. Es war ein Spiel zwischen ihnen, wenn Sie so wollen."

„Das alles scheint mir doch recht verworren", sagte Lord Lyndon missmutig.

Gloria lächelte ihm zu und entgegnete: „Dies ist eine Gruppe von sehr jungen Leuten, wie soll es da nicht verworren zugehen?"

Salvatore Guardini lachte ein aufrichtiges Lachen. Gloria stimmte mit ein, dann sagte sie: „Doch so unrecht hat Lord Lyndon nicht, Signor Guardini. Wir versuchen etwas herauszufinden und geraten immer tiefer in ein unübersichtliches Geflecht. Wollen Sie uns erzählen, wie es weiterging in jener Nacht?"

„Nun, der Alkohol floss, die Nacht schritt voran, die Lage wurde unübersichtlich. Hier hantierte einer mit der Duellpistole, dort schnarchte einer in einem Sessel oder auf dem Rasen, daneben war man in leises Zwiegespräch vertieft, und hin und wieder tauchte einer aus dem Gesträuch auf, da er ... nun ja. Soweit ich mich erinnere, hatte sich Alberto irgendwo abgelegt, als Luigi erneut mit Giulio debattierte. Ich glaube, ich sagte sogar etwas wie ‚Lasst es gut sein, Freunde', weil Luigi einfach nicht aufhörte mit seiner Stichelei und Giulio regelrecht bedrängte. Aber auch ich war ziemlich betrunken, wie ich zugeben muss, und ich bekam nicht mehr alles so genau mit. Irgendwann musste ich mich auch einmal in die Büsche schlagen, und als ich zurückkam, waren Luigi und Giulio verschwunden. Ich dachte mir nichts dabei. Niemand dachte sich etwas dabei, sie konnten ja auch schlafen gegangen sein. Erst als es langsam hell wurde, der ein oder andere erwachte und die Gespräche langsam wieder in Gang kamen, sahen wir, dass auch die Waffen fehlten. Ich ahnte, dass es Luigi gelungen war, Giulio doch zu einem ‚Duell' zu fordern, wie er es großspurig genannt hatte. Ich war wieder halbwegs nüchtern und hatte plötzlich das Gefühl, dass die Angelegenheit anscheinend ernster war, als wir alle angenommen hatten. Aber statt ihnen zum Duellplatz zu folgen, wohin sie wahrscheinlich aufgebrochen waren, da Luigi schon die ganze Zeit darauf gedrängt hatte, eilte ich fort und benachrichtigte Francesca, weil ich hoffte, dass ihr Anblick die beiden zur Vernunft bringen würde. Francesca ließ mich nicht einmal ausreden. Wir alle kannten Luigi. Sie wusste, dass ich recht hatte, und setzte wie ich darauf, dass er diesen dummen Streich sein ließe, sobald sie auftauchte." Guardini strich die Locke zurück und sah Gloria an. „Ich weiß, dass ich sie hätte begleiten sollen. Aber ich musste zur Arbeit, und wer konnte außerdem ahnen, dass es zu spät war und sich Francesca ein grauenvoller Anblick bieten würde." Guardini biss sich auf die Unterlippe und nippte schließlich an seinem Wein.

„Ich habe geahnt, dass Francesca mir nicht alles gesagt hat", merkte Gloria an. „Kein Wort von den rivalisierenden Männern." Das Gefühl, von dem Mädchen betrogen worden zu sein, beschlich sie.

„Sie wären weniger bereit gewesen, ihr zu helfen, Lady Wingfield", bestätigte Lord Lyndon, als habe er bemerkt, was sie beschäftigte. „Zwei Männer, die um die Gunst einer Frau buhlen, indem sie sich *duellieren,* die Sachlage wäre eindeutig gewesen." Er sprach „duellieren" ironisch aus.

„Nun sehen Sie, warum dies den Verdacht, dem Giulio ausgesetzt ist, eher bestätigt. Mit Sicherheit war er wütend auf Luigi – wer könnte es ihm verdenken, nach allem, was Luigi ihm an den Kopf geworfen hatte in jener Nacht."

„Giulio sagte uns, er habe gedacht, die Sache sei Spaß. Ein törichter zwar, aber ein Spaß", sinnierte Gloria und dachte gleichzeitig an das Gefühl der Verbundenheit, das sie für Francesca empfunden hatte. Die junge Frau war derart aufrichtig von der Unschuld ihres Verlobten überzeugt, dass Gloria nicht anders gekonnt und ihr geglaubt hatte. Doch was, wenn alles in Wahrheit noch komplizierter war? Könnte Francesca vielleicht selbst auf Luigi geschossen haben, weil sie seine Nachstellungen nicht mehr ertrug? Natürlich nicht, dachte Gloria. Sie war ja wohl eindeutig zu Hause, als Salvatore Guardini zu ihr kam, um sie zu informieren. Aber auch dies mochte nichts heißen. Ach, zu dumm, die Wahrheit war wohl einfach, dass Francesca sich getäuscht und ihr Verlobter seinen Rivalen erschossen hatte.

„Nach allem, was Sie uns erzählten, Signor Guardini, können wir wohl auch Alberto als Täter ausschließen", sagte Lord Lyndon.

„Sie hatten Alberto in Verdacht?", rief der junge Mann ungläubig und die Locke fiel ihm vors Auge.

„Nun, Lady Wingfields Argumente waren stichhaltig", antwortete er. „Die Ehre seiner Schwester und so weiter."

„Da mögen Sie zwar recht haben, Lady Wingfield, doch Alberto ist eher ein Feigling, der sich an den Rockzipfel seines Helden hängt. Hängte."

„Sie scheinen nicht viel von ihm zu halten."

Guardini zuckte einmal mehr die Schultern.

Ein Gedanke huschte durch Glorias Kopf. Sie sagte: „Signor Guardini, Sie mögen Francesca sehr, nicht wahr?"

„Ja", bestätigte er. „Sie ist ein vortreffliches Mädchen."

„Wenn Giulio verurteilt wird, wird sie einen Freund brauchen, der ihr beisteht."

„Selbstverständlich", sagte er in vollstem Bewusstsein seiner Redlichkeit als Freund. Dann begriff er und sagte leidenschaftlich, indem er die Locke mit einem Kopfrucken zurückwarf: „Augenblick, Lady Wingfield! Wenn ich Giulio Francescas wegen ans Messer liefern wollte, hätte ich längst mit der Polizei gesprochen. Ich bin Giulios Freund und bedaure ihn, wenn ich auch Francesca mehr bedaure. Aber sie ist die seine, und daran würde ich niemals rühren. Zumal ich seit Kurzem endlich in der Lage bin, mich dem Mädchen, das ich schon länger verehre, zu erklären."

„Sie haben mich missverstanden", lächelte Gloria. „Nichts anderes wollte ich damit andeuten." Sie erhob sich. „Aber wir haben Ihre Zeit nun lange genug in Anspruch genommen. Haben Sie recht herzlichen Dank für Ihre Bereitschaft, mit uns zu sprechen."

„Sowie für den Wein", ergänzte Lord Lyndon mit einer Verbeugung, der er eine Verneigung zu Gloria hin folgen ließ, um ihr mit ausgestrecktem Arm, den Zylinder in der Hand, den Vortritt zu lassen.

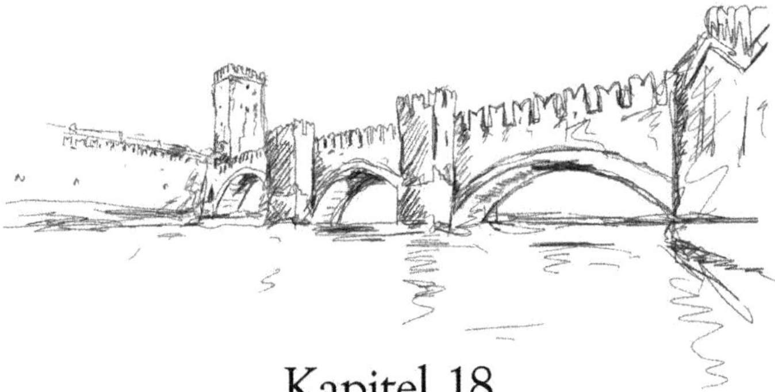

Kapitel 18

Gloria fühlte sich heiter.

Sie war mit ihrer Erscheinung zufrieden – ihr Kleid so hübsch in Hell- und Dunkelblau, der Hut adrett mit zartrosa und gelben Rosen und schließlich diese zauberhaften Sommerhandschuhe – und schritt neben Tante Jo durch das Hotelfoyer zum Ausgang.

Zur Tür herein eilte selbigen Augenblicks, da sie diese erreichten, Lord Lyndon.

„Lord Lyndon", grüßte Tante Jo mit kaum verhohlener Überraschung und deutlicher Zurückhaltung.

Gloria sah ihr an, dass sie wohl befürchtete, durch des Viscounts unvermutetes Erscheinen noch einmal von einem Ausflug mit ihrer Nichte abgehalten zu werden.

„Myladies", grüßte Lord Lyndon mit einer Verbeugung. „Verzeihen Sie mein unangemeldetes Kommen. Ob ich kurz mit Ihnen sprechen könnte, Lady Wingfield?"

„Wir sind im Aufbruch begriffen, wie Sie unschwer erkennen können, Lord Lyndon", antwortete Tante Jo etwas frostig.

„Selbstverständlich will ich Sie nicht aufhalten. Darf ich Sie irgendwo hinbringen?"

„Vielen Dank, das ist nicht nötig“, versetzte Tante Jo.

„Aber ich bestehe darauf“, beharrte Lord Lyndon.

„Wir haben bereits einen Wagen bestellt.“

„Dann bestellen Sie ihn eben wieder ab“, erwiderte er knapp.

Gloria wie Tante Jo sahen ihn ob dieser Einmischung und wegen seines Gutsbesitzertones erstaunt an. Der Viscount erschien Gloria ungeduldig, wenn nicht gar erregt. Sie setzte ein entgegenkommendes Lächeln auf und sagte: „Verzeihen Sie, Lord Lyndon, aber Ihre Kalesche ist ein Zweisitzer.“

„Ich werde mich zu Finley gesellen.“

Gloria, die sich an einen überraschend charmanten und heiteren Lord Lyndon von gestern Abend erinnerte und diesen nicht recht mit dem drängenden Mann in Einklang bringen konnte, der ihr nun am Morgen gegenüberstand, sah Tante Jo an.

Tantchen schien es ebenso zu ergehen. Man hatte das Dinner zusammen mit Lord Lyndon, Kaufmann Fromm und den beiden reizenden, gut aussehenden Schweizer Freundinnen eingenommen, hatte über schweizerische, österreichische sowie englische Eigenarten gelacht, sich einmal mehr über Italien samt Antike, Zitronen und Wildschweinsalami ausgelassen und sich alles in allem prächtig unterhalten. Die vergnügliche Runde hatte sie allesamt belebt, wie man sich beim Abschied versichert hatte, und Gloria hatte bereits beim Erwachen festgestellt, dass sich diese erfrischende Stimmung in den Morgen hinübergerettet hatte und sie sich heiter und erquickt fühlte.

Wohl im Gegensatz zu Lord Lyndon.

„Ich darf mich um diese Angelegenheit kümmern?“, sagte er.

„Wenn es Ihnen nichts ausmacht", erwiderte Tante Jo hoheitsvoll.

Als er Richtung Rezeption ging, flüsterte sie: „Was ist nur heute Morgen in ihn gefahren? Dabei war er gestern Abend so umgänglich!"

„Woher soll ich wissen, was in dem Manne vorgeht?", flüsterte Gloria zurück.

„Sollte mich nicht wundern, wenn wir es bald erfahren."

„Stört es dich sehr, dass er sich derart aufdrängt?"

„Du meinst, er will sich uns zur Gänze anschließen? Uns nicht nur fahren?"

„Wenn er oben auf dem Kutschbock neben seinem Kutscher sitzt, kann er sich schwerlich mit mir unterhalten. Und er bat darum, mich sprechen zu dürfen."

„Dann hätte ich mir wohl besser rechtzeitig Herrn Fromm als Begleiter gesichert", seufzte Tante Jo im Spaß.

Da kam Lord Lyndon auch schon zurück und bat sie mit einer höflichen Geste nach draußen.

„Wir wollen zum Castello San Pietro", erklärte Tante Jo.

„Mit Vergnügen", konterte Lord Lyndon mit einem galanten Lächeln.

In der Tat: Was war nur heute Morgen in ihn gefahren?

Keine halbe Stunde später rumpelte Lord Lyndons Kalesche über die alte römische Ponte Pietra ans andere Flussufer der Etsch.

Die Straße entlang des Ufers war zwar breit, dennoch war sie vom regen Verkehr – Karren, Droschken, Fußgänger und sogar eine Gruppe Radfahrer! – verstopft. Finley dirigierte den Einspänner in munterer italienischer Manier durch das Gedränge und fand schließlich einen

Platz zum Anhalten gleich unterhalb der Brücke bei den Überresten eines antiken Theaters, von dem der Baedeker sagte, es sei inmitten privater Häuser ausgegraben worden und man könne einen Jungen nach dem Verwalter schicken, der einen herumführe.

Lord Lyndon half erst Tante Jo, dann Gloria aus dem Gefährt und gab Finley Anweisung, einen Halteplatz zu suchen oder herumzufahren und in einer Stunde etwa wieder hier zu erscheinen.

Direkt bei dem antiken Theater hatte ein Limonadenverkäufer seinen Stand aufgeschlagen. Ein einträglicher Platz, zweifelsfrei, der Andrang war groß.

„Ich darf mir erlauben, Sie auf eine Limonade einzuladen?", sagte Lord Lyndon und nahm Tante Jos Arm.

Der Stand war eine Augenweide. Ein fünfeckiger, hölzerner Unterbau, bunt bemalt mit reigentanzenden Jungfrauen und antiken Helden, auf der Präsentierfläche aufgehäuft eine Unmenge leuchtend gelber Zitronen. Über zwei schlichten Holzpfeilern hinten und antiken Säulen nachempfundenen Stützpfeilern vorne lag ein Baldachin, gekrönt von einem hölzernen Aufsatz, auf dem eine aufgemalte Tänzerin im wehenden, gelben Gewand mit einem Glas in der Hand für die Limonade warb. Die Kapitelle der vorderen Säulen waren mit je einer Figur gekrönt, in deren Händen eine Fahne wehte. Inmitten dieses hübschen Aufbaus stand der Verkäufer im weißen Hemd mit weit offenem Kragen, die Ärmel aufgekrempelt, und schenkte sein Getränk aus. Über seinem Kopf, den eine weiße Mütze in der Manier altertümlicher Schlafmützen zierte, waren dunkelblaue, geraffte Vorhänge zu erkennen, die er wohl herunterließ, wenn er seine Bude schloss.

Verzückt betrachtete Gloria Stand, Verkäufer und

Kundschaft, ein buntes Gewimmel aus Spitze, Sonnenschirmen und Sommerhüten. Und inmitten all dessen ein Gesicht, das ihr mit einem Mal vertraut erschien: Lord Lyndon näherte sich mit drei Gläsern, gefüllt mit einer milchigen Flüssigkeit.

„Wasser, Zitronensaft, Honig“, sagte er, während er ihnen die Gläser reichte. „Auf Ihr Wohl, meine Damen!“

Die Limonade war köstlich erfrischend, und nachdem sie getrunken hatte, sagte Gloria: „Sie wollten mit mir sprechen, Lord Lyndon?“

„Ja, das wollte ich. Wollen wir etwas zur Seite gehen?“ Er machte eine einladende Geste und dirigierte Gloria und ihre Tante zu einer Stelle etwas abseits des Gedränges. „Nun, ich muss Ihnen gestehen, dass mir diese ganze Sache nicht aus dem Kopf ging“, begann Lord Lyndon. „Und so fuhr ich in aller Frühe zum Duellplatz, um nach weiteren Kugeln zu suchen. Ich fand keine.“

„Das haben Sie getan?“, fragte Gloria überrascht. Sie war mehr als erstaunt.

„Habe ich, ja.“

„Aber ... ich weiß nicht, was ich sagen soll.“ Insgeheim freute sie sich über sein unerwartetes Engagement.

„Und da gibt es noch etwas.“

Sein Gesichtsausdruck deutete darauf hin, dass er eine bemerkenswerte Mitteilung zu machen hatte. Er sah zu ihrer Tante, legte die Stirn in Falten und erklärte: „Was Sie gestern Nachmittag sagten, Lady Blythe, rief eine diffuse Erinnerung in mir wach.“

Gloria entsann sich, dass er plötzlich grüblerisch gewirkt hatte. Ganz so, als würde er sich über sich selber wundern, weil er an etwas Wichtiges nicht gedacht hatte. Doch sie war zu sehr damit beschäftigt gewesen, mit Tante Jo zu sprechen, sodass sie dem nicht weiter Beachtung geschenkt hatte.

„Sie mögen sich erinnern, Lady Blythe, dass Sie anmerkten, es sei schade, nicht herausfinden zu können, wie lange die Kugel bereits dort im Baumstamm steckte. Nun, dabei fiel mir ein, dass ich selbst einmal Bleikugeln in einer offenen Schachtel liegen ließ und sie vergaß. Als ich sie nach geraumer Zeit wiederfand, waren die einst graphitfarbenen Kugeln gräulich geworden und sahen aus, als seien sie mehlbestäubt." Er nahm einen Schluck Limonade und sah Gloria an. „Ich wollte Gewissheit. Also machte ich mich, nachdem ich am Duellplatz herausgefunden hatte, dass es keine weiteren Geschosse in Bäumen ringsum gab, zu einem Waffenhändler auf. Und dieser bestätigte mir, dass eine Kugel umso gräulicher wird, je länger ihre Bleioberfläche der Luft ausgesetzt ist, da das Blei oxidiert. Man könnte also durchaus erkennen, ob die Kugel schon länger dort im Baum steckte oder nicht."

Gloria verschlug es die Sprache. Erstaunt blickte sie ihn an. Was sie – neben der Mühe, die er sich gemacht hatte – am meisten beeindruckte, war die Tatsache, dass er ihr seine Ergebnisse unumwunden sachdienlich darlegte und ihr damit signalisierte, dass er sie ernst nahm.

„Einen Haken gibt es allerdings", fuhr Lord Lyndon fort. „Der Experte räumte ein – selbstverständlich verschwieg ich ihm die genauen Umstände –, man könne natürlich auch bereits alte Kugeln mit einer gewissen Oxidation verwenden. Dies wäre für unseren Fall, in dem es sich um alte Duellwaffen mit sicherlich alten Bleikugeln handelt, nicht auszuschließen. Außerdem haben wir die Kugel ausgiebig betatscht, um es so salopp zu sagen, wahrscheinlich lässt sich ihr Alter nun ohnehin nicht mehr bestimmen. Ich muss gestehen, ich hatte darauf nicht Acht gegeben, als wir sie aus dem Baumstamm entfernten. Dennoch denke ich, wir sollten erneut mit der Polizei sprechen. Man darf diesen Aspekt der Geschichte – zusammen mit dem, was wir in Erfahrung bringen konnten – tatsächlich nicht vernachlässigen. Ich bedaure, dass wir bei unserem Besuch bei den Aldrighettis nicht daran gedacht haben, um eine Kugel aus dem Duellkasten zu bitten. Wir hätten sie mitnehmen können."

„Unseren Fall". – „Wir sollten". Glorias Herz klopfte so heftig, dass sie lediglich „Ich bin beeindruckt, Lord Lyndon!" sagen konnte.

„Mein lieber Lord Lyndon", meldete Tante Jo sich zu Wort. „Von diesen vier Tagen Verona, will man den Ankunftstag mitrechnen, hatte meine Nichte an zweien mit der Polizei zu tun. Das ist bereits mehr, als eine rechtschaffene Lady in ihrem ganzen Leben mit derlei Institutionen zu tun haben sollte. Sie wollen sie doch nicht noch einmal einer solchen Unannehmlichkeit aussetzen? Bedenken Sie, dass heute unser letzter Tag ist. Morgen Nachmittag reisen wir ab, und es wäre zu schade, die letzten Stunden mit Polizeibesuchen zu vergeuden."

„Um Vergebung, Lady Blythe, ich hatte für einen Augenblick vergessen, dass Sie morgen schon abreisen."

„Dann habe ich es Ihnen hiermit wieder in Erinnerung gerufen."

„Es würde ja nur eine Stunde dauern, Tante Jo", sagte Gloria. „Wir könnten nach dem Lunch gehen. Dann bin ich rechtzeitig zum Tee wieder zurück."

„Wir haben vereinbart, ihn im Caffè Dante einzunehmen."

„Lord Lyndon kann mich ja dort absetzen."

„Selbstverständlich", sagte Lord Lyndon.

„Ich habe es immerhin versucht", schmunzelte Tante Jo.

Der Baedeker sagte, die Genehmigung zur Besichtigung des Castello San Pietro, zu dem eine Treppe gegenüber der Ponte Pietra den Hügel hinaufführte, bekäme man im Haus No. 57 Corso Vittorio Emanuele. Er sagte auch, dass der großartige Ausblick kurz vor dem Eingang jedoch fast ebenso gut wäre. Also hatten sie darauf verzichtet, sich durch das Hotel eine Genehmigung besorgen zu lassen, und standen nun an besagter Stelle zusammen mit unzähligen anderen Touristen und schauten über die roten Dächer Veronas auf Stadt, Fluss und Hügel sowie die oberen Ränge des antiken Theaters, die zwischen Geröll und Hütten aufragten. Ein wirklich malerischer Anblick. Ein zarter Wind umschmeichelte Glorias Wangen, die Sonne wärmte ihr Gemüt.

Sie drehte sich um und sah zu dem Castello hinüber, das eine moderne Kaserne war, die seitlich an den Ruinen des Schlosses Theoderichs des Großen klebte, wie der Baedeker vermerkte. Der Anblick war nicht so schön wie jener über Veronas Dächer (und wer war noch mal Theoderich der Große?!), also drehte sie sich wieder um. Dabei streifte ihr Blick den Viscount und sie entdeckte erneut etwas an diesem Mann, das ihr unbekannt war. Entspannt, ja nachgerade glücklich genoss er den Ausblick, still, in sich ruhend, friedvoll. Sie ahnte, dass er zuvor im Hotel nur deshalb so überspannt gewirkt haben mochte, weil er ihr unbedingt mitteilen wollte, was er getan hatte. Jetzt, da er es gesagt hatte, drängte ihn nichts mehr und er war gelöst. Grundgütiger

Himmel, sie verstand ihn, und diese Erkenntnis löste zunächst Verwirrung, dann eine leise Freude in ihr aus.

Er merkte, dass sie ihn ansah, und drehte ihr den Kopf zu. „Wundervoll, nicht wahr?", lächelte er. Ein warmes Lächeln, das die kleine Narbe unter seinem rechten Auge zum Tanzen brachte. Ein Lächeln, das sie verzauberte.

Ganz von selbst, wie zarte Wellen, breitete sich ein Lächeln auch über ihr Gesicht aus, und sie nickte bestätigend.

„Dort drüben gibt es Sitzmöglichkeiten", sagte er und deutete zu einigen Bänken seitlich des Eingangs zum Castello. „Der Aufstieg rechtfertigt ein Ausruhen."

Auch Tante Jo lächelte ihn an und erwiderte: „Wie fürsorglich, Lord Lyndon, gerne."

Und so schlenderten sie hin, vorbei an einem Maler mit breitrandigem Hut, der auf einem Faltstuhl saß und das Castello in sein Skizzenbuch zeichnete. Sie fanden eine freie Bank und ließen sich nieder.

Nach einem kurzen Augenblick des Schweigens sagte Lord Lyndon: „Bevor wir bei der Polizei vorstellig werden, sollten wir noch einmal durchgehen, was wir wissen. Ich habe Notizen dazu gemacht, wollen Sie sie hören?"

„Ja", sagte Gloria, schon wieder überrascht. War dies derselbe Mann, der noch vor zwei Tagen auf der Ansicht bestanden hatte, dass ihr Engagement dumm und unnütz war?

„Fassen wir zusammen. Möglichkeit eins", begann er. „Zwei Männer, eine Frau, ein ‚Duell' um sie. Einfache Lösung: Mann A erschießt Mann B und wird dafür verurteilt werden."

Er hatte „Duell" wieder ironisch betont.

„Weiter", forderte Gloria ihn auf.

„Möglichkeit zwei, gleicher Fall: Zwei Männer, eine Frau, ein ‚Duell' um sie, jedoch mit anderen Vermutungen: Mann A schießt an Mann B vorbei (Kugel landet im Baum), wird selbst aber von Mann B getroffen und verwundet. Dennoch ist Mann B tot – dritte Person als großer Unbekannter im Spiel?" Nun hob er die Hand und zählte an den Fingern die einzelnen Punkte auf, die er sich notiert hatte.

„Erstens: Die Frau, um die es geht, bittet eine Lady um Hilfe, weil sie an die Unschuld von Mann A glaubt. Sie verschweigt jedoch, dass Mann A und Mann B Rivalen um sie waren. Würde dies deutlich, landete man unweigerlich bei Möglichkeit eins.

Zweitens: Es wird eine dritte Kugel in einem Baumstamm gefunden (und keine weiteren Kugeln), die Möglichkeit zwei ins Blickfeld rücken lässt.

Drittens: Der verwundete Mann A war allseits beliebt und verlobt.

Viertens: Der getötete Mann B war ein Aufschneider und im Begriff, sich zu verloben (nach Aussagen seiner Braut war er es bereits).

Fünftens: Mann A und Mann B verlassen nachweislich gemeinsam ein Gelage im Morgengrauen.

Sechstens: Der getötete Mann B hatte einen Bewunderer und betrachtete sich als dessen ‚Mentor'.

Siebtens: Besagter Bewunderer verehrte Mann B, obwohl er Spielschulden bei ihm hatte.

Achtens: Besagter Bewunderer schlief angeblich, als Mann A und Mann B sich zum Duellplatz aufmachten.

Anmerkung: Niemand hat das bisher bestätigt.

Anmerkung zwei: Nach verschiedenen Aussagen drängte der Bewunderer Mann B zu Waffe und Kampf (Bewunderer holte die Waffen).

Frage: Gab es etwas zwischen Mann B und Bewunderer, das von Verehrung ins Gegenteil umschlug und zu einem Mord führte?

Neuntens: Zeuge G. hat nichts übrig für den Bewunderer.

Zehntens: Zeuge G. sagt der Verlobten von Mann A Bescheid, geht aber selbst nicht mit zum Duellplatz.

Frage: Hat Zeuge G. womöglich selbst Interesse an Verlobter von Mann A und folgte den beiden Männern hinaus zum Duellplatz? Laut eigener Aussage schlief er, als die beiden sich entfernten. Nicht verifiziert.

Anmerkung: Verdacht lediglich durch Zeuge G. selbst ausgeräumt. Allerdings: Falls Interesse an Verlobter von Mann A ein Mordmotiv wäre, warum erschießt er dann Mann B? Mann A im Gefängnis ist doch sicher nicht so gut wie Mann A tot.

Fazit: Bewunderer und Zeuge G. trotz allem noch immer nicht ganz entlastet. Dennoch könnte es auch ‚Mann Unbekannt' gewesen sein, denn wir kennen ja nicht alle."

Lord Lyndon ließ das Blatt Papier sinken und sah Gloria an. Diese wiederum starrte ihn an.

„Das ist ... meine Güte, eine wundervolle Zusammenfassung!", sagte sie enthusiastisch.

„Danke", erwiderte er trocken. Er wollte nicht zeigen, dass ihre Begeisterung ihn freute, aber sie sah es ihm dennoch an.

„Das war sehr hilfreich, Lord Lyndon", bemerkte Tante Jo anerkennend. „Jetzt bin auch ich zur Gänze im Bilde."

„Was wir also der Polizei vorschlagen sollten", sagte er, „ist, dass sie alle Teilnehmer des Gelages gründlich befragt. Und wir sollten aufgrund dessen, was ich am Vormittag ermittelte, der Polizei gegenüber erneut verdeutlichen, dass wir es für unabdingbar halten, die gefundene Kugel mit den Kugeln von Aldrighettis Duellpistolen zu vergleichen. Ich schätze, das haben sie noch immer nicht getan. Falls sie die gefundene Kugel überhaupt noch haben."

Gloria nickte bestätigend.

„Ich denke, mit dieser Empfehlung sowie unseren vorangegangenen Recherchen haben wir alles in unserer Macht Stehende getan."

„Vermutlich haben Sie recht", erwiderte Gloria.

„Gesetzt den Fall ...", meldete Tante Jo sich nachdenklich zu Wort und blickte von Gloria zum Viscount. „Gesetzt den Fall, es ist wirklich die Kugel aus Giulios Waffe – Ihr Mann A, Lord Lyndon –, die da im Baumstamm steckte. Dann weiß das höchstwahrscheinlich Ihr ‚Mann Unbekannt', dessen Kugel in Luigi steckt. Und mir kam da eine Idee, wie man ihn dazu bringen könnte, das zu bekennen."

Es waren höchstens vier Sätze, mit denen Tante Jo ihren Plan erläuterte. Als sie geendet hatte, rief Gloria begeistert: „Tante Jo! Das ist brillant!" Sie warf Lord Lyndon einen Blick zu und sah die Überraschung in seinem Gesicht.

„Das ist in der Tat bemerkenswert", räumte er ein. „Dennoch sehe ich eine Schwierigkeit. Wir können kaum in der Stadt umhergehen und jedermann diese Geschichte erzählen."

„Das ist doch auch gar nicht nötig!", rief Gloria leise, wenn auch aufgeregt. „Wir werden es Francesca wissen lassen. Und natürlich die Polizei. Ebenso Familie Aldrighetti."

„Gut", sagte er.

„Wir sollten keine Zeit verlieren", meinte Gloria.

„Nun, ursprünglich wollten wir eigentlich noch weiter zur Kirche San Maria in Organo und zum Giardino Giusti", seufzte Tante Jo. „Aber angesichts dieser aufregenden Ereignisse stelle ich die Kultur hintenan."

„Wir werden dich im Hotel absetzen, Tante Jo."

„Wo denkst du hin, Liebes, ich komme mit! Zeit, dass auch ich einmal in meinem Leben mit der Polizei zu tun bekomme." Sie stand auf. „Lasst uns gehen!"

Als sie am Fuße der Treppe ankamen, fuhr wie gerufen Finley vor.

Kapitel 19

Sie hatten den Lunch gemeinsam mit Lord Lyndon in einem entzückenden Restaurant an der Etsch eingenommen und waren anschließend zur Polizei gegangen.

Der Viscount hatte verlangt, mit dem Commissario zu sprechen. Als sie in dessen Büro vorgelassen worden waren, hatte dieser sich überrascht davon gezeigt, dass sich die beiden englischen Ladies zusammen mit dem englischen Gentleman in der Sache Giulio Bongiovanni engagierten. Doch Lord Lyndon hatte seine Zusammenfassung vorgelegt und sie Punkt für Punkt in einem ordentlichen, wenn auch nicht ganz fehlerlosen Italienisch wiederholt. Da der Commissario ein paar Brocken Englisch sprach, hatte man sich damit sowie mit Gesten weitergeholfen, wenn das Italienisch nicht ausreichte.

Als sie schließlich ihren Plan offenbarten, wie man den Mörder, so es einen gäbe, entlarven könnte, zeigte sich der Commissario – im Übrigen ein Mann mit einem bedauernswert flachen Gesicht, als habe ihm jemand mit einer Bratpfanne hineingeschlagen und dergestalt Nase und Wangen plattgehauen – wenig begeistert. Er sagte ihnen jedoch zu, eine ausführliche Befragung all jener, die an jenem Abend bei dem Gelage im Palazzo Aldrighetti anwesend gewesen waren, anzuordnen, dabei ausdrücklich die im Baum gefundene Kugel zu erwähnen und die von ihnen – beziehungsweise von Tante Jo – ersonnenen Lügen einfließen zu lassen.

Gloria bedauerte fast, morgen abzureisen und von den weiteren Entwicklungen nichts mehr mitzubekommen. Aber sie könnte Francesca bitten, ihr später zu schreiben, ob es tatsächlich einen Mörder gegeben und man ihn dingfest gemacht hatte.

Bevor sie sich – leidlich zufrieden mit dem Erreichten – von dem Commissario verabschiedeten, ließen sie ihn wissen, dass sie sowohl bei Signorina Francesca Bertani als auch bei der Familie Aldrighetti selbst noch einmal vorstellig werden und dort den Plan offenbaren würden. Immerhin musste man im Hause Aldrighetti gewappnet sein, falls der Mörder versuchen würde, sich dort Zugang zu verschaffen, um die Waffe verschwinden zu lassen.

Der Commissario war davon erst recht nicht angetan, das sei nun Sache der Polizei, in deren Händen sie es getrost belassen könnten. Doch Tante Jo machte ihm deutlich, dass es einer englischen Lady unmöglich sei, ihren Bekannten nicht Lebewohl zu sagen; da sie also ohnehin ein letztes Mal bei den Besagten vorsprechen würden, sähe sie keinen Grund, diese nicht zu informieren. Der Commissario machte eine Geste, die verdeutlichte, dass es nicht in seiner Macht stand, sie von diesem Vorhaben abzuhalten, und verabschiedete sie mit einem kurzen, harten Händedruck.

Wie sich jedoch herausstellte, war Signorina Francesca Bertani gar nicht zu Hause. Gloria hinterließ eine

Nachricht – die beiden Lügen – verbunden mit der Bitte, Francesca möge noch einmal zum Hotel kommen, damit sie sich von ihr verabschieden könne.

Alsdann lenkte Finley die Kalesche Lord Lyndons virtuos durch den frühnachmittäglichen Verkehr Veronas, und zwanzig Minuten später hielten sie vor dem schmucken Palazzo der Aldrighettis.

„Wir möchten mit Signor Aldrighetti sprechen", sagte Lord Lyndon bestimmt und hielt dem Mädchen seine Karte hin.

„Den Hausherrn", fügte Gloria an, denn sie sah, dass die junge Frau zögerte und im Begriff war zu fragen, welchen.

„Er ist noch nicht zu Hause."

„Dann empfehlen Sie uns der Signora", befand Lord Lyndon.

Das Mädchen ließ sie ein und kurz darauf saßen sie Signora Aldrighetti erneut in ihrem Salon gegenüber. Die roten Vorhänge waren auch heute zurückgezogen, die Terrassentür stand offen und ließ eine leichte Brise hereinwehen.

„Verzeihen Sie, dass wir Sie noch einmal belästigen", begann der Viscount. „Doch wir sind in einer letzten Mission hier, sozusagen."

„Meine Großnichte ist diesem Mädchen, Francesca, sehr zugetan, müssen Sie wissen", warf Tante Jo ein. „Durch die überraschende Begegnung mit ihr an unserem Ankunftstag sowie den daraus resultierenden tragischen Geschehnissen fühlt sie sich der Unglücklichen verbunden und ist bestrebt, ihr zu helfen. Daher hat sie – zusammen mit Lord Lyndon – nach bestem Vermögen versucht, in Erfahrung zu bringen, weshalb sich die beiden jungen Männer auf dem Duellplatz gegenüberstanden und ob Francescas unerschütterlicher Glaube an die Unschuld ihres Verlobten berechtigt wäre. Als sie eine weitere Kugel fanden, rückte diese Möglichkeit dann ja auch tatsächlich näher."

„Ich muss gestehen", antwortete Signora Aldrighetti, „dass mich diese weitere Kugel ebenfalls beschäftigte. Konnten Sie noch etwas herausfinden?" Mit der Frage wandte sie sich an den Viscount.

„Ja", nickte er. „Es finden sich keine anderen Kugeln in anderen Bäumen."

„Was Ihre Vermutung untermauert", gab die Signora zu.

„Signora Aldrighetti", sagte Gloria, „wir haben soeben mit der Polizei gesprochen und ihr einen Gedanken erläutert, den wir nun auch Ihnen mitteilen wollen. Die Sache ist die ..." Hilfesuchend schaute sie Lord Lyndon an.

Er sprang ihr bei und erläuterte: „Eine weitere Kugel legt die Vermutung nahe, dass eine weitere Waffe im Spiel ist. Da nicht davon auszugehen ist, dass Ihre jungen Gäste mit Pistolen ausgerüstet in Ihr Haus kommen, bleiben nicht viele Möglichkeiten. Entweder ein Unbekannter kommt mit seiner Pistole des Weges und erschießt Luigi. Oder einer aus der Gruppe bemächtigt sich einer Pistole aus Ihres Mannes Sammlung und folgt den beiden Kontrahenten mit der Absicht, Luigi zu erschießen. Ich nehme an, die jungen Männer kennen sich in Ihrem Hause aus?"

„Selbstverständlich", nickte Signora Aldrighetti. „Sie kommen fast alle seit ihrer Kindheit zu uns. Es sind sämtlich Söhne – auch Töchter – von Familien, die maßgeblich in Verona sind." Signora Aldrighettis Stolz auf diesen Umstand war nicht zu überhören.

„Also könnte sich einer Zugang zu dem Raum verschafft haben, in dem die Waffen untergebracht sind. In dem Durcheinander, als zeitweise niemand wusste, wo jeder Einzelne sich aufhielt, wäre das nicht aufgefallen."

„Eine grauenhafte Vorstellung", meinte die Signora.

Die Tür wurde geöffnet, das Mädchen kam und brachte wie schon bei ihrem ersten Besuch eine Erfrischung. Auf einem Silbertablett offerierte sie jedem ein Glas Limonade. Als sie wieder gegangen war, fuhr der Viscount fort: „Wir sind hier, um Sie in den Plan, den selbstverständlich auch die Polizei kennt und unterstützt, einzuweihen. Man wird sämtliche Besucher jenes Abends verhören und dabei auf einen Umstand hinweisen, der womöglich dazu führt, dass der Täter – so es einen gibt – gefasst wird. Der Umstand nämlich, dass man ermitteln kann, ob die Kugel, die Luigi tötete, aus der Duellpistole oder aus einer anderen Waffe stammt. Dazu muss man leider Luigis Leichnam untersuchen – ich erspare Ihnen die Details, Signora Aldrighetti, nur so viel, es hat mit dem Einschusswinkel ebenso zu tun wie mit dem Kaliber der Kugeln. Aber wenn die Ergebnisse aussagekräftig sind, kann man damit beginnen, den Mörder zu suchen, immer vorausgesetzt, es gibt tatsächlich einen." Er nahm einen Schluck und stellte das Glas auf dem Nussholztischlein ab.

Gloria nutzte den Moment und meldete sich zu Wort: „Es ist uns bewusst, dass dies ein heikles Thema ist. Bitte glauben Sie nicht, wir wollten Ihnen und Ihrem Haus schaden ..."

„Unserem Haus schaden?", rief eine aufgebrachte junge Stimme von der Terrasse her. „Sehen Sie nicht, dass Sie das längst tun, indem Sie mit dem Dolch weiter in der Wunde wühlen?"

„Mein Kind, bitte!", mahnte Signora Aldrighetti.

Alle starrten auf Rosalinde, die ins Zimmer kam und nichts auf die Mahnung ihrer Mutter gab. Sie schien im Garten gewesen zu sein und die letzten Worte gehört zu haben, als sie sich dem Salon genähert hatte. „Sie kommen hierher und bohren in einer Sache, die Sie nichts angeht. Sie achten weder meinen Schmerz noch den meiner Familie. Sie wollen einem Mörder helfen!", rief sie erregt. „Mutter, bitte, höre ihnen nicht mehr zu!"

Signora Aldrighetti erhob sich und sagte: „Deine Unhöflichkeit ist unerhört. Du entschuldigst dich auf der Stelle!"

„Ich habe keinen Grund, mich zu entschuldigen!"

„Bitte verzeihen Sie", sagte die Signora, der das Verhalten ihrer Tochter sichtlich unangenehm war, zu ihren Besuchern. Und an ihre Tochter gewandt ergänzte sie: „Verlasse den Raum."

„Ich gehe, wenn auch sie gehen."

„Du verlässt augenblicklich das Zimmer!"

Rosalinde verschränkte die Arme vor der Brust und rührte sich nicht von der Stelle. Mit versteinerter Miene und erhitzten Wangen stand sie da und starrte ihre Mutter an.

Signora Aldrighetti war sichtlich um Haltung bemüht. „Wenn du nicht gehen willst, nimm bitte Platz und beteilige dich an der Unterhaltung wie ein zivilisierter Mensch."

„Mein liebes Kind", mischte Tante Jo sich feinfühlig ein und Rosalindes Kopf ruckte zu ihr herum. „Ich vermute, es liegt ein Missverständnis vor. Wir sind hier, weil wir versuchen wollen, den Mörder Ihres Verlobten zu finden. Das ist doch absolut in Ihrem Sinne."

„Der Mörder meines Verlobten sitzt im Gefängnis", erwiderte Rosalinde bockig und mit einem leidenschaftlichen Glanz in den dunklen Augen, der deutlich zeigte, wie zerrüttet sie sich fühlen musste.

Gloria fragte sich mit einem Mal, ob Rosalinde wusste, dass ihr Verlobter Interesse an einem anderen Mädchen gehabt hatte.

„Nun?", sagte Signora Aldrighetti.

Rosalinde sah ihre Mutter an, sie schien sich zur Ruhe zu zwingen und sagte: „Verzeih, Mutter, ich habe mich gehen lassen." Und mit einem Blick auf die Anwesenden ergänzte sie: „Bitte verzeihen Sie." Dann eilte sie erhobenen Hauptes zur Zimmertür und stieß um ein Haar unschön mit dieser zusammen, denn die Tür wurde selbigen Augenblicks schwungvoll geöffnet und herein schritt ihr Bruder, Alberto Aldrighetti.

Rosalinde ignorierte ihn und eilte hinaus. Der junge Aldrighetti sah seiner Schwester verwundert nach, hob die Hand in einer fragenden Geste und schloss dann die Tür. „Ich habe gehört, dass wir Besuch haben", sagte er im Herankommen. Er begrüßte sie zurückhaltend. Wenn er sich auch nicht mehr so feindselig verhielt wie gestern, zeigten seine Züge doch deutliches Misstrauen.

„Sie bemühen sich auffallend oft zu uns", sagte er wie nebenhin, doch eine gewisse Neugier war nicht zu überhören.

„Wir sind mit einer Information gekommen", antwortete Lord Lyndon höflich und wandte sich sodann an Signora Aldrighetti. „Darf ich mir die Frage erlauben, ob es lohnt, auf die Heimkehr Ihres verehrten Gatten zu warten? Nach allem, was wir Ihnen zuvor mitteilten, sollte er gewappnet sein."

„Was haben Sie mitgeteilt?", wollte Alberto wissen.

„Es ist mir unangenehm", sagte Gloria, noch ehe die Hausherrin etwas erwidern konnte, „doch dürfte ich womöglich ... einen gewissen Ort aufsuchen?"

„Selbstverständlich!" Signora Aldrighetti erhob sich und auch Gloria stand auf. Die Signora begleitete sie zur Tür und läutete dabei ihr Glöckchen. Das Mädchen erschien unverzüglich und im Flüsterton erteilte Signora Aldrighetti ihm die Anweisung, Gloria den Weg zu weisen.

Gloria folgte dem Mädchen und fand sich kurz darauf in einem kleinen Raum wieder, der eine Toilette mit Wasserspülung beherbergte. Sie lauschte auf die sich entfernenden Schritte und öffnete schließlich vorsichtig die Tür.

Der fensterlose Flur führte rechter Hand wahrscheinlich zu Küche und Vorratsräumen. Gloria wandte sich nach links, von wo sie gekommen war und wo er in die helle Eingangshalle mündete. Von hier gelangte man über eine Steintreppe nach oben, und ohne zu zögern legte sie die Hand auf das marmorne Geländer und stieg empor.

Als Rosalinde sich zuvor entfernt hatte, hatte Gloria am Klang der Tritte erkannt, dass sie eine Treppe hinaufeilte. Es war wie eine Eingebung gewesen, sie hatte das nervöse Flattern in Rosalindes Augen gesehen und beschlossen, nach ihr zu suchen. Von Frau zu Frau würde sie ihre Feindseligkeit vielleicht aufgeben. Womöglich käme dann endlich die Trauer zum Vorschein. Vermutlich aber etwas anderes.

Gloria erreichte das obere Stockwerk. Sie befand sich

in einem Flur, von dem Türen abgingen. Hinter welcher lag wohl der Raum Signor Aldrighettis, in dem er seine Waffen aufbewahrte? Sie lauschte. Keine Geräusche. Sie spürte ihr Herz klopfen und atmete einmal durch. Sie ging zur ersten Tür auf der linken Seite und legte das Ohr daran. Ein rascher Blick zurück nach unten in die Halle, ein neuerliches Durchatmen, vorsichtig legte sie die Hand auf die Klinke, langsam und leise drückte sie sie herunter. Noch bevor sie den Raum zur Gänze einsehen konnte, wusste sie, dass sie hier richtig war. An der Wand links der Tür befand sich ein eisernes Gestell, in dem altertümliche Piken, eine alte Streitaxt und sogar eine Hellebarde steckten. Leise trat sie ein, sah, dass neben dem Gestell zwei Schwerter und eine lange Feuerbüchse die Wand zierten, sah den Tisch in der Mitte, auf dem sich Bücher stapelten, bemerkte den wuchtigen Schauschrank gegenüber der Tür und einen weiteren vor der rechten Wand. Vor diesem kauerte Rosalinde. Sie fuhr herum, als sie die Bewegung der Tür bemerkte, und starrte Gloria einen Herzschlag lang an, ehe sie aufsprang und zischte: „Was tun Sie hier?"

Gloria zog die Tür zu, schloss sie jedoch nicht. „Ich wollte mit Ihnen reden", antwortete sie.

„Ich möchte aber nicht mit Ihnen reden", erwiderte Rosalinde und starrte Gloria noch feindseliger an als zuvor.

„Ich denke, Sie sollten Ihre Meinung ändern und sich mir anvertrauen."

„So, denken Sie!", blaffte Rosalinde bösartig.

Gloria gewahrte die offene Tür im unteren Teil des Schrankes, die halb von Rosalindes Rock verdeckt wurde. Sie deutete darauf und sagte: „Sind dort die kostbaren Duellpistolen Ihres Vaters drin?"

„Ich wüsste nicht, was Sie das angeht!", fauchte Rosalinde.

„Es geht mich nichts an, da haben Sie recht", entgegnete Gloria und trat näher an den Tisch heran. „Aber ich bin nun einmal in diese Sache hineingeraten, und um ehrlich zu Ihnen zu sein, habe ich auch persönliche Gründe, die mich dazu bewegen, mich einzusetzen."

„Ihre Gründe interessieren mich nicht."

„Ich kenne den Schmerz um den Verlust des geliebten Mannes."

„Gehen Sie!"

„Ich habe meinen Verlobten ebenfalls verloren." Sie wählte absichtlich dieses Wort, obwohl sie und Nicholas nicht verlobt gewesen waren.

Rosalinde ballte die Hände zu Fäusten. „Sie sollen gehen!", presste sie zwischen den Zähnen hervor.

„Man nötigte ihn zu einem Duell, das in Wahrheit ein geplanter Mord war."

„Ich will das nicht wissen!"

„Die Frage, ob der Kontrahent meines Verlobten noch vor dem Ende des Kommandos abgedrückt hatte, ließ sich nicht beantworten. Und was spielte es für eine Rolle? Mein Verlobter war tot und der andere lebte. Er geht noch immer munter seiner Wege."

„Ich möchte, dass Sie gehen."

„Um was in Ruhe tun zu können? Die Duellpistolen Ihres Vaters verschwinden zu lassen?"

Rosalinde reckte das Kinn. „Warum sollte ich das tun wollen? Ich habe lediglich etwas gesucht."

„Weil man feststellen kann, ob die Kugel im Baum aus einer dieser Duellpistolen stammt? Das haben Sie Lord Lyndon doch erläutern hören, als Sie vom Garten kamen, nicht wahr? Und wenn besagte Kugel aus einer dieser

Duellpistolen stammt, kann dies nur bedeuten, dass sie aus Giulios Waffe abgefeuert wurde. Damit wäre klar, dass jemand anderes auf Luigi schoss."

„Wenn Sie nicht augenblicklich gehen, werde ich schreien und sagen, ich hätte Sie hier beim Herumschnüffeln ertappt!"

„Wussten Sie, dass Luigi in Francesca verliebt war?"

Rosalinde presste die Lippen zusammen, auf ihrem Gesicht erschien der Ausdruck einer Wut, die aus tiefster Seele kam. Das war deutlicher als jede Antwort.

„Ihr Bruder sagte, Sie waren anfangs bei dem Bacchanal dabei. Haben Sie es verlassen, weil Sie nicht weiter mit anhören wollten, wie Luigi von Francesca schwärmte?"

„Ich habe es verlassen, weil keines von uns Mädchen dabei war und es sich für mich alleine nicht geziemt hätte zu bleiben."

„Entschuldigen Sie, aber das glaube ich Ihnen nicht."

„Es ist mir gleich, was Sie glauben oder nicht glauben. Ich möchte nicht mit Ihnen reden und sage es ein letztes Mal: Gehen Sie!"

„Wollen Sie mir nicht sagen, was in jener Nacht geschah?"

Statt eine Antwort zu geben, schritt Rosalinde forsch um den Tisch herum und blieb zornig vor Gloria stehen. Gloria blieb nichts anderes übrig, als den Raum zu verlassen. Im Hinausgehen sagte sie über die Schulter: „Es nützt nichts, die Waffen zu entfernen. Alle Auflösung geht von den Kugeln aus. Selbst wenn die Pistolen verschwunden wären – Ihr Vater wüsste selbstverständlich das Kaliber. Die im Baum gefundene Kugel mag nun noch so platt sein, ihr Gewicht hat sich nicht verändert. Das lässt auf das Kaliber rückschließen. Und falls die Kugel in Luigis Leichnam ein anderes Kaliber vorweist, wird man nach der Waffe suchen, aus der auf ihn gefeuert wurde."

„Ich will Sie nie mehr wiedersehen!", schnaubte Rosalinde und schlug ihr die Tür vor der Nase zu.

Gloria biss sich auf die Unterlippe. Was sollte sie nun tun? Aufgeben und alles Weitere der Polizei überlassen? Oder einen letzten Versuch wagen? Wieder schaute sie über die Schulter zur Treppe und hinunter in die Halle. Von hier aus konnte sie die Tür zum Salon gut sehen. Man würde sich in Kürze wundern, wo sie bliebe.

Sie wandte sich entschlossen zur Tür, klopfte sacht und drückte die Klinke nach unten. Abgeschlossen.

Sie neigte den Kopf und sagte: „Ich bin sicher, Sie sehnen sich nach Erleichterung, Rosalinde. Reden Sie mit mir."

Nichts rührte sich. Was sie Rosalinde soeben erklärt hatte, war die erste von Tante Joes Lügen. Denn es war trotz Lord Lyndons Recherchen nicht eindeutig feststellbar, ob die Kugel im Baum aus Giulios Waffe abgefeuert worden war. Aber ebenso wie Lord Lyndon zuvor Signora Aldrighetti gegenüber behauptet hatte, dass man es feststellen *konnte*, würde es die Polizei im Verhör tun und zudem darauf verweisen, dass auch alle anderen Pistolen Signor Aldrighettis diesbezüglich untersucht werden würden.

Und auch die zweite von Tante Joes Lügen baute auf der Behauptung auf, man habe eine Methode, etwas herauszufinden.

„Es gibt da etwas, was Sie außerdem nicht wissen", sagte Gloria zu der geschlossenen Tür.

Nichts rührte sich.

„Ich sage es Ihnen, hören Sie zu.“ Und sie sagte es absichtlich brutal, um Rosalinde zu schockieren: „Man wird Luigis Leichnam untersuchen, um festzustellen, aus welcher Schussrichtung die Kugel kam, die ihn tötete. Giulio hätte ihn von vorne treffen müssen. Luigis Brustbein und sein Herz wären dabei womöglich durchschossen worden, die Kugel wäre nach hinten bis zur Wirbelsäule gedrungen. Wenn sich aber herausstellt, dass die Kugel schräg in den Körper eindrang und quer durch die Brust schlug, zeigt dies deutlich, dass ein Schütze seitlich gestanden haben muss. Wenn es so ist, sucht man einen Mörder und Giulio ist frei.“

„Was reden Sie da?“

Gloria fuhr herum.

Am Fuß der Treppe stand Alberto Aldrighetti und sah zu ihr herauf. „Und was machen Sie überhaupt dort oben?“ Langsam kam er zu ihr herauf, Misstrauen im Blick.

„Ich habe mich mit Ihrer Schwester unterhalten.“

„Durch die geschlossene Tür?“

Gloria versuchte ein zaghaftes Lächeln. Das hier war nun nachgerade peinlich.

Der junge Aldrighetti lächelte zurück, allerdings süffisant. „Das ist freilich gar nicht das Zimmer meiner Schwester“, sagte er im Tonfall desjenigen, der einen anderen bei einem Vergehen ertappt.

„Ich weiß“, entgegnete Gloria und lächelte noch immer. „Es ist das Zimmer Ihres Vaters. Eine beeindruckende Waffensammlung. Jedenfalls das, was an den Wänden hängt. Welche Schätze in den Schränken verborgen sind, konnte ich in der Kürze nicht herausfinden.“

Jetzt schaute er verdutzt und hielt sogar im Tritt inne.

Dann nahm er zwei Stufen auf einmal und stand kurz darauf bei ihr.

„Wer sind Sie?“, raunte er ihr feindselig ins Gesicht.

„Gloria Wingfield aus England“, gab sie kaltschnäuziger zurück, als ihr zumute war. Ihr Herz schlug aufgeregt.

Alberto trat nah an sie heran. „Etwas stimmt mit Ihnen nicht. Wie käme eine Lady aus der englischen Gesellschaft dazu, sich so unverblümt in unsere Angelegenheiten einzumischen? Was wollten Sie hier oben?“

„Wie ich schon sagte, ich habe mit Ihrer Schwester geredet.“

„Aber meine Schwester ist nicht hier“, stieß er hervor.

„Und wer ist dann da drinnen?“, fragte sie kühn zurück. „Ihr Vater ist noch nicht zu Hause – und die Tür ist abgeschlossen.“

„Mein Vater schließt sein Arbeitszimmer meistens ab, wenn er das Haus verlässt!“

„Es war in der Nacht Ihres Gelages offen – es war vorhin offen. Jetzt ist es abgeschlossen, weil Ihre Schwester von innen zuschloss.“ Gloria wandte sich der Tür zu. „Signorina Aldrighetti, geben Sie einen Laut von sich, Ihr Bruder ist hier und glaubt mir nicht, dass Sie da drin sind.“

„Und selbst wenn sie da drinnen wäre, warum lauern Sie ihr hier draußen auf?“ Er hob mahnend den Zeigefinger und sagte in einem leisen, bedrohlichen Tonfall: „Es ist besser, Sie verlassen uns nun, Lady Wingfield.“

„Ich glaube, dass es für Ihre Schwester eine Erleichterung wäre, wenn sie sich ihren Kummer von der Seele redete“, setzte sie aufs Ganze.

„Der Kummer meiner Schwester braucht Sie nicht zu kümmern.“ Er wies mit dem ausgestreckten Arm zur Treppe. „Bitte sehr, Lady Wingfield.“

Er blieb hinter ihr, jung, kraftvoll.

Die Ahnung von Gefahr ließ Gloria innehalten.

Sie drehte sich zu ihm um. „Was wissen Sie?"

„Ich weiß, dass wir Sie hier nicht haben wollen!"

Gloria sah ihm fest in die Augen. „Sie liebten Luigi. Sein Tod reißt eine Lücke. Er erlöst Sie jedoch auch von Ihren Spielschulden, nicht wahr?"

„Wie bitte?"

„Verraten Sie mir nur eines: Wie brachten Sie Giulio dazu, mit ihm zu gehen? Was haben Sie gegen ihn in der Hand?"

„Ich verstehe kein Wort von dem, was Sie da sagen."

Plötzlich das Geräusch des Schlüssels in der Tür, dann wurde sie aufgerissen. Rosalinde kam heraus, aufgebracht, verzweifelt.

„Sie hört nicht auf, Alberto, sie hört einfach nicht auf mit ihrer Fragerei! Sag, dass sie endlich schweigen soll, sag ihr, dass sie gehen soll!"

„Schon gut!", sagte Alberto gewichtig, ganz der fürsorgliche Bruder. „Sie hören, was meine Schwester sagt."

„Gut, ich gehe", erwiderte Gloria und trat auf die erste Treppenstufe. Es war wohl wirklich besser zu gehen, die Situation war zu verfahren. Sollte sich die Polizei darum kümmern, sie hatte mit einem Mal genug. Doch dann tauchte vor ihrem inneren Auge das Bild des toten Luigi auf, von dem es hieß, er sei ein Aufschneider und Spitzbube gewesen, und es verschwamm zum Bildnis des toten Nicholas, von dem es zum Schluss hieß, er habe sich bezüglich dessen, was er über ihren Onkel herausfand, in ein Gespinst verrannt und sich lächerlich gemacht. Und so sagte sie im Weitergehen und ohne sich umzudrehen, weil sie sich selbst nach diesem zermürbenden Gespräch Hoffnung und Mut zusprechen wollte: „Die Wahrheit wird ans Licht kommen. Die Polizei hat Methoden, um Verbrechen aufzudecken, und der Täter wird seiner gerechten Strafe zugeführt werden."

Ein Luftzug, unwillkürlich krallte sich ihre Hand ins Treppengeländer, doch zu spät, der Stoß brachte sie aus dem Tritt und sie fiel die letzten drei Stufen hinunter.

Der Schmerz im Knöchel war stechend.

Gloria biss sich auf die Unterlippe. Ihr Aufschrei zuvor hatte ihre Tante, den Viscount und Signora Aldrighetti aus dem Salon geschreckt. Sie kamen herbeigeeilt, als der junge Aldrighetti ihr gerade aufhelfen wollte. Lord Lyndon kam ihm zu Hilfe, doch bei dem Versuch aufzutreten, stieß Gloria einen weiteren Schmerzensschrei aus. „Verzeihen Sie", murmelte Lord Lyndon, legte einen Arm um ihre Taille und hob sie leicht an. Sie nahm den Geruch parfümierter Wäsche an ihm wahr, einen aromatischen, männlichen Geruch, der durch seine Körperwärme verstärkt wurde. Behutsam führte er sie zur Treppe, setzte sie auf der zweiten Stufe ab. Als er sie losließ, schien sein Duft an ihr haften zu bleiben, was in ihr ein eigentümliches Gefühl der Verbundenheit hervorrief.

„Was ist geschehen?", fragte er besorgt.

„Sie ist gestürzt", sagte der junge Aldrighetti, noch ehe Gloria antworten konnte.

Jetzt erst spürte Gloria auch die Schmerzen in Knien und Schultern, die jedoch bei Weitem nicht so stark waren wie die im Knöchel. Ihr Kleid war durcheinander, der Cul de Paris verrutscht.

Tante Jo trat heran, rückte Glorias Hut zurecht und fragte besorgt: „Hast du dir etwas gebrochen?“

„Ich weiß es nicht“, erwiderte sie. Sie spürte die angespannte Präsenz Rosalindes hinter sich auf der Treppe. Sollte sie freiheraus sagen, dass entweder sie oder ihr Bruder sie gestoßen hatte?

„Wir werden einen Arzt rufen lassen, Lady Wingfield“, sagte Signora Aldrighetti, die die Hand auf den Busen gelegt hatte, wie Menschen das taten, die sich mit dieser Geste selbst beruhigen wollten.

„Bitte bemühen Sie sich nicht“, meinte Gloria. „Es geht sicher gleich wieder.“

„Das glaube ich nicht“, entgegnete Lord Lyndon. „Wir werden Sie zu einem Arzt fahren, Lady Wingfield.“

Da der junge Aldrighetti schweigend und bedrückt, wie es schien, dabeistand, wandte sich Lord Lyndon mit der Frage an ihn: „Sie haben gesehen, wie Lady Wingfield stürzte?“

„Wie?“, fragte er dümmlich, als stünde er unter Schock.

Lord Lyndon hob den Kopf und sah über Gloria hinweg zu Rosalinde hinauf. „Und Sie?“

„Rosalinde!“, entfuhr es Signora Aldrighetti.

Gloria hörte, wie die Tochter des Hauses forteilte. Signora Aldrighetti schüttelte bekümmert den Kopf. „Ich muss Sie ob des ungebührlichen Verhaltens meiner Tochter erneut um Verzeihung bitten. Der Tod ihres zukünftigen Verlobten hat eine andere aus ihr gemacht.“

Gloria, die schon geraume Zeit glaubte, die Lösung zu kennen, sagte trotz der Schmerzen: „Bitte vergeben Sie mir die Frage, Signora Aldrighetti, doch wie eindeutig waren die Verlobungsabsichten von Signor Tozzi?“

Die Hausherrin bedachte sie mit einem äußerst überraschten Blick. „Nun", hob sie an, doch ihr Sohn kam ihr zuvor, indem er erklärte: „Zu Ferragosto wollten sie sich verloben."

„Weshalb fragen Sie das?", wollte Signora Aldrighetti wissen.

„Weil sie eine impertinente Person ist, die sich in anderer Leute Angelegenheiten einmischt", tönte Rosalindes kalte, wütende Stimme von oben.

„Rosalinde!", rief Signora Aldrighetti bestürzt, die wie alle – außer Gloria, die Mühe hatte, den Kopf so schnell zu drehen – zu ihrer Tochter hinaufstarrte. „Um Himmels willen, was tust du da?"

„Oh Gott!", keuchte Alberto.

Nun sah auch Gloria über die Schulter nach oben und erblickte Rosalinde, die mit einer Pistole in der Hand am Treppenabsatz stand.

„Ich verlange, dass sie geht. Schicke sie weg, Mutter. Sie bereitet uns nur Unglück."

„Du nimmst augenblicklich die Waffe herunter und bringst sie in deines Vaters Zimmer zurück!", befahl die Signora hart. „Was ist nur in dich gefahren? Wir alle müssen lernen, mit Schmerz zu leben. Wir alle verstehen den deinen, doch rechtfertigt er keinesfalls dein Verhalten."

„Sie soll gehen!", sagte Rosalinde mit versteinerter Miene.

Gloria spürte ihr Herz heftig schlagen, als sie fragte: „Ist das die Pistole, mit der Sie Luigi erschossen haben?"

Rosalinde sah sie an, ein Blick, in dem Erstaunen und tiefste Seelenqual gleichermaßen zu lesen waren.

„Er wollte sich nicht mit Ihnen verloben, nicht wahr?",

mutmaßte Gloria und ließ Rosalinde nicht aus den Augen.

Ein Raunen ging durch das Grüppchen, und Gloria spürte, wie sich Lord Lyndon neben ihr anspannte. Er war auf der Hut und sie fühlte sich dadurch sicher, beschützt. Also ergänzte sie: „Luigi hoffte, Francesca doch für sich gewinnen zu können, habe ich recht?“

„Sie sollen still sein!“, zischte Rosalinde und umfasste ihr rechtes Handgelenk mit der Linken. Sie zitterte und ein Schmerz wie der eines weidwund geschossenen Tieres flackerte in ihren Augen.

Gloria wusste, dass sie mit ihrer Vermutung richtig lag. „Als wir Sie das erste Mal an der Poststation sahen, sprachen Sie von Luigi als Ihrem Verlobten. Doch sowohl Ihre Freunde als auch Ihre Mutter zeigten sich stets für einen Augenblick überrascht, wenn wir dies als gegebene Tatsache ansprachen. Da Sie die *Absicht* hatten, sich zu verloben, schien das jedoch niemandem weiter aufzufallen. Auch ich wunderte mich zunächst nicht. Doch spätestens als Signor Guardini uns erzählte, Luigi habe nicht verwunden, dass Francesca sich für Giulio entschieden hatte, wurde ich stutzig.“

Rosalinde richtete die Waffe plötzlich auf ihren Bruder, der die Stufen hinaufeilte, um sie ihr wegzunehmen.

„Bleib weg!“, schrie sie. „Bleibt alle weg!“ Zitternd ging sie einige Schritte rückwärts.

„Kind!“, hauchte Signora Aldrighetti kraftlos hinter Glorias Rücken, und sie hörte, wie ihre Tante in einfühlsamem Tonfall sagte: „Rosalinde, Sie sind erregt, wir alle verstehen das. Er hat Sie gekränkt und verletzt, nicht wahr? Reden Sie mit uns.“

Gloria kauerte auf der Stufe, dankbar für Tante Jos feinfühlige Intervention, die das zitternde Mädchen tatsächlich zu ihr hinunterblicken ließ, wobei sie die Waffe jedoch noch immer auf alle richtete. Der junge Aldrighetti war auf der vorletzten Stufe stehen geblieben, offenbar unschlüssig, was er als Nächstes tun sollte.

„Oh ja, ich war dabei an jenem Abend!", presste Rosalinde plötzlich hervor. „Ich wollte in Luigis Nähe sein. In meinem Leben gibt es keinen Tag, der nicht mit Gedanken an ihn erfüllt gewesen wäre. Früher hat er mich nicht beachtet. Aber seit Francesca mit Giulio verlobt war, war das anders." Rosalinde lachte bitter auf. „Francesca!" Sie spuckte den Namen aus, als hätte sie versehentlich in eine faule Frucht gebissen und müsse das Verrottete nun loswerden. „Sie haben sie beide umworben, aber sie hat Giulio erhört. Luigi verwand das nicht, es kränkte seine Ehre und verletzte seinen Stolz. Er sah besser aus – oh ja, er sah besser aus, und trotzdem nahm sie Giulio." Die Waffe zuckte auf ihren Bruder, der sich bewegt hatte. „Bleib, wo du bist!", schrie sie. „Ihr bleibt alle, wo ihr seid!"

„Erzählen Sie weiter", forderte Tante Jo das Mädchen mit der weichen Stimme einer behütenden Großmutter auf.

Rosalinde sah zu ihr hinunter, der Schmerz in ihrem Blick war tief wie ein See. Doch Tante Jos Taktik ging auf, sie sprach weiter. „Ich war überglücklich, als Luigi sich mir zuwandte. Durch meine Liebe würde er Francesca vergessen. Aber er ließ mich spüren, dass ich zweite Wahl war, auch an jenem Abend. Immer wieder fiel ihr Name und Luigi stichelte, je betrunkener er wurde. Sogar das Wort ‚Duell' fiel. Aber ich musste zurück ins Haus, die Gouvernante suchte sicher bereits nach mir, und auch Alberto schickte mich fort, weil es sich nicht ziemte, dass ich als einziges Mädchen bei den Burschen dabei war.

Unruhig ging ich auf und ab, sah durch das Fenster hinaus in den von Lichtern hübsch erhellten Garten, hörte das ferne Gelächter der Kameraden. Ich hatte das Gefühl, etwas sprenge mich von innen entzwei, wenn ich nicht dabei sein, bei Luigi sein konnte. Also entwischte ich meiner Gouvernante, um noch einmal hinauszugehen. Aber ich traf auf Alberto, der soeben aus Vaters Zimmer kam und dessen Pistolenkasten im Arm hielt. Er schimpfte mit mir und befahl mir, im Haus zu bleiben. Ich tat, als gehorchte ich, und schlich später doch hinaus. Ich gab Luigi heimlich ein Zeichen, doch er wedelte abweisend mit der Hand und beachtete mich nicht weiter. Sie waren alle viel zu sehr mit diesen dummen Waffen beschäftigt, spielten damit herum, hielten sie sich in albernen Posen vor die Brust. Als erneut Francescas Name fiel, ging ich wütend zurück ins Haus. Da kam mir ein Gedanke, und ich beschloss, es Luigi heimzuzahlen. Vater hat schließlich noch andere Waffen. Ich nahm eine Pistole, lud sie. Ich würde Luigi auf seinem Heimweg auflauern. Ich wollte mutig und unerschrocken sein und ihn damit beeindrucken. Ich zog schwarze Hosen meines Bruders an, darüber seinen schwarzen Rock, dann stahl ich mich erneut fort.

Ich hielt mich verborgen und hörte die Jungs lallen. Die meisten schliefen bereits. Luigi sagte ...“ Rosalinde hielt inne, schluckte, sah auf das Grüppchen am Fuße der Treppe nieder. Niemand rührte sich, in der Halle war es still. Rosalinde lachte gekünstelt auf und rief: „Luigi sagte zu Giulio, Francesca würde mit Vorliebe zu ihm überschwenken, wenn sie nur Gelegenheit dazu hätte, man könne ja wetten, die Probe aufs Exempel machen. Giulio sagte, er sei ja verrückt. Doch Luigi verlangte ein ums andere Mal, sie sollten es austragen.

Als die beiden schließlich davontorkelten, folgte ich ihnen, bemerkte im heraufdämmernden Morgen auf dem Tisch den offenen, leeren Kasten, rundum verstreut die schnarchenden Freunde.

Es war klar, wohin sie gingen, Luigi hatte mehrfach darauf gedrängt, zum Duellplatz zu gehen.

Ich hielt mich dicht hinter ihnen.

Betrunken, wie sie waren, hielten sie sich im Arm, lachten, nannten sich Bruder und Freund, dann wieder Feind und Schurke. Sie erreichten den Duellplatz. Ich verbarg mich am Waldrand hinter Gebüsch und beobachtete sie. Luigi forderte Giulio auf, sich in Position zu stellen, doch Giulio nahm ihn nicht ernst. Er lachte und lallte unverständliches Zeug. Luigi hingegen erschien mir mit einem Mal gar nicht mehr so betrunken. Er brachte sich in Form, übte Zielen. Giulio schien zu glauben, dass Luigi Spaß machte. Aber ich kannte Luigi. Alle kannten Luigi. Ich sah es in seiner Haltung und ich hörte es am Tonfall seiner Stimme, als er Giulio, der gerufen hatte: ‚Lass uns mit diesem Unsinn aufhören und zurückgehen!', schneidend antwortete: ‚Wenn du nicht mitmachst, bist du für immer ein Feigling!' Ich glaube, Giulio wäre bereit gewesen, das Ganze zu vergessen und nach Hause zu gehen. So war Giulio. Aber Luigi ließ ihn nicht. ‚Alle stehen in deinem Schatten', rief er erbost. ‚Immer bist du es, dem alles zufällt, um den sich die Besten scharen, den alle lieben, den Francesca liebt. Sie hätte mich lieben sollen, du hast sie mir genommen! Doch jetzt ist der Augenblick gekommen, damit ein für alle Mal Schluss zu machen.'

Wieder sie. Francesca, Francesca, Francesca!

‚Sie wählte mich, Luigi, lass es endlich gut sein', rief Giulio in begütigendem Tonfall. ‚Außerdem hast du

Rosalinde, sie liebt dich innig, mehr zugetan als dieses Mädchen kann keine dir sein!'"

Rosalinde, augenscheinlich zutiefst mitgenommen durch diese Erinnerung, ließ die Waffe ein wenig sinken, fasste sich jedoch wieder, als ihr Bruder die Chance nutzen und sie ihr wegnehmen wollte. „Bleib weg!", schrie sie und Tränen rannen ihr die Wangen hinunter. „Wisst ihr, was Luigi sagte?", wehklagte sie. „Er sagte: ‚Was liegt mir an Rosalinde, wenn ich Francesca haben kann?'

‚Aber du kannst sie nicht haben. Sie ist die meine!', rief Giulio zurück.

‚Wenn du erst einmal tot bist, gedenke ich, ihr Seelentröster zu sein.'

Ich sah, wie schockiert Giulio darüber war. Wahrscheinlich begriff er erst jetzt, genau wie ich, wie ernst es Luigi war. ‚Du beleidigst mich, du beleidigst Francesca und Rosalinde!', rief er erbost. ‚Trotzdem will ich dich nicht erschießen.'

‚Du mich? – Ich dich!', giftete Luigi.

‚Du bist betrunken! Lass ab, wir gehen zurück und ich vergesse, was vorgefallen ist.'

‚Niemals!'

‚Du wirst Rosalinde das Herz brechen!'

‚Was liegt mir an Rosalindes Herz!', lachte er höhnisch. ‚Ich will Francescas Herz, und wenn das deine durchlöchert ist, gehört es mir!'"

Bei den letzten Worten war Rosalinde leiser geworden; sie starrte mit großen, traurigen Augen vor sich und sagte tonlos: „Es lag ihm nichts an meinem Herzen!" Sie hob den Blick und fügte leise, aber bestimmt an: „Da wusste ich, dass ich ihn töten würde, wenn Giulio es nicht tat."

Alberto bewegte sich auf seine Schwester zu.

Plötzlich spürte Gloria Lord Lyndons harten Griff an der Schulter, der sie unsanft nach unten drängte und sich schützend über sie beugte. Im selben Augenblick zerriss ein ohrenbetäubender Knall die Luft und hallte in der Steinhalle wider.

Signora Aldrighetti stieß einen Schrei aus.

In Glorias Ohren surrte es, sie kauerte niedergedrückt auf der Stufe, roch den angenehmen Duft Lord Lyndons, spürte seinen warmen Körper über sich, die festen Muskeln seiner Arme, die schützend um sie lagen, so eng an sie gepresst, dass sie meinte, seinen Herzschlag zu hören.

Lord Lyndon bewegte sich. „Alles in Ordnung?", fragte er besorgt und lockerte seine Umklammerung.

„Ich denke schon", raunte Gloria.

Sie sah auf und in seine palisanderfarbenen Augen. Wirkliche Fürsorglichkeit lag darin, die ihr wohltat.

Sie bemerkte, dass Tante Jo die fassungslose Signora Aldrighetti stützte, die in blankem Entsetzen die Hand vor den Mund geschlagen hatte und noch immer zu ihrer Tochter hinaufstarrte.

Alberto nahm seiner Schwester die Waffe aus den Händen. Sie ließ es geschehen, sah ihn an, wie von weit her, verwundert, verletzt.

„Giulio blieb nichts anderes übrig, als mitzumachen", fuhr sie leise fort. „Ganz als wäre es ein richtiges Duell, begann Luigi zu zählen. Ich spannte den Hahn. Als er bei null anlangte, schoss ich. Luigi fiel. Giulio taumelte, griff sich an den Oberarm. Er starrte auf die Pistole. Dann rannte er davon." Sie sah über Glorias Kopf hinweg auf ihre Mutter und ergänzte bedrückt: „Ich eilte zurück, schlich mich heimlich ins Haus, entledigte mich der Kleider und brachte die Pistole zurück. Und nun sagt diese englische Lady, dass die Polizei herausfinden kann, dass ich mit dieser Waffe Luigi erschoss."

Signora Aldrighetti schluchzte auf.

Gloria hörte Lord Lyndon neben sich atmen. Sie warf einen Blick zu Tante Jo, die die weinende Signora stützte, den Mund öffnete, als wolle sie etwas sagen, ihn jedoch wieder schloss. Gloria ahnte, dass ihre Tante ein tröstendes Wort zu dem Mädchen sagen wollte, doch angesichts des soeben Gehörten nicht wusste was.

„Wie konntest du nur zulassen, dass sie Giulio des Mordes verdächtigen?", rief Signora Aldrighetti verzweifelt.

Kalt wie ein Winterhauch antwortete Rosalinde: „Ich hasse Francesca. Wenn ich Luigi nicht haben kann, soll auch sie Giulio nicht haben."

Da ging die Haustüre auf, ein Herr in den Fünfzigern betrat mit munterem Schritt die Halle, starrte verwundert auf die Ansammlung und fragte belustigt: „Was um alles in der Welt ist denn hier los?"

Der Hausherr, wie es schien.

Gloria dachte mit Mitgefühl, dass Signor Aldrighettis offenkundig gute Laune im Nu dahin sein würde, sobald er erführe, dass seine Tochter eine Mörderin war.

Kapitel 20

Gloria saß neben Tante Jo in einem der gemütlichen Sessel im Hotelfoyer und betrachtete die Menschen, die sich im heimeligen Schein der Gaslampen zum Dinner trafen. Auch heute war das sanfte Streichquartett vom Speisesaal her zu vernehmen, auch heute erblickte Gloria das entzückende junge Paar, das dem Augenschein nach auf Hochzeitsreise war. Sie verließen das Hotel gerade, offenbar speisten sie auswärts.

Gloria schloss kurz die Augen.

Eine bleierne Ruhe hatte sich auf sie gelegt. Die Kutschfahrten durch diese wimmelnde Stadt, die Gespräche, die grauenvollen Ereignisse im Hause Aldrighetti bis hin zu ihrem Sturz und schließlich die Schmerzen hatten sie erschöpft. Außerdem war sie hungrig. Aus dem Tee im Caffè Dante war natürlich nichts geworden. Nachdem Lord Lyndon Signor Aldrighetti über die Geschehnisse in Kenntnis gesetzt und der Hausherr die Sache in die Hand genommen hatte, hatte der Viscount Gloria zu einem Arzt gebracht. Der hatte den verstauchten Knöchel mit einer Salbe eingerieben und fest umwickelt.

Als Lord Lyndon sie anschließend vor dem Hotel absetzte, lud Tante Jo ihn erneut dazu ein, das Dinner mit ihnen einzunehmen. Man habe nun so viel zusammen ausgestanden, da sei ein gemeinsamer letzter Abend mehr als angebracht, meinte sie.

Im Hotel erwartete Gloria ein Billett von Francesca: Sie würde vor dem Dinner noch einmal vorsprechen.

Sie hatten also gerade so Zeit gehabt, sich mit Helenas Hilfe für den Abend umzukleiden.

Gloria lauschte dem Gemurmel ringsum und bemerkte, dass die Aussicht, Francesca vom Erfolg ihrer Unternehmungen zu berichten, eine nervöse Vorfreude in ihr auslöste. Als daher die junge Italienerin wenig später von einem Pagen zu ihr geführt wurde, lächelte Gloria ihr aufmunternd zu und streckte ihr zur Begrüßung beide Hände entgegen. Francesca ergriff sie und zeigte ebenfalls ein Lächeln, wenn auch eines, in dem noch immer Ungewissheit und bange Sorge mitschwangen.

„Kommen Sie, setzen Sie sich zu mir." Gloria deutete auf den Sessel rechts von sich. „Wir haben Neuigkeiten", sagte sie mit einem Nicken zu Tante Jo hin. „Ich hatte nicht erwartet, Ihnen dies heute Abend zu erzählen. Ich bat Sie lediglich her, weil ich mich von Ihnen verabschieden und Ihnen alles Gute wünschen wollte. Doch heute Nachmittag haben sich die Ereignisse überschlagen und ich bin imstande, Ihnen etwas anderes mitzuteilen. Es wird Sie traurig, aber auch froh stimmen. Traurig, weil wir wissen, wer Luigi erschossen hat." Sie nickte, als sie sah, wie Francescas Augen groß vor Überraschung wurden und sich ein hoffnungsfrohes Lächeln auf ihren Zügen ausbreitete. „Froh, weil dies bedeutet, dass man Ihren Giulio freilassen wird."

„Wer war es?", fragte Francesca leise und atemlos.

„Rosalinde“, antwortete Gloria.

„Rosalinde?“, brach es ungläubig aus Francesca hervor. „Aber sie vergöttert Luigi!“

„Eben deshalb. Francesca, Sie haben mir verschwiegen, dass Luigi ebenfalls um Sie warb. Das war der Grund, warum er Giulio dazu brachte, sich mit ihm im Zweikampf zu messen. Er wollte Giulio töten, um Sie zu gewinnen. Das ahnten Sie, nicht wahr?“

Francesca schüttelte heftig den Kopf. „Nein, Lady Wiiengfilt. Es ist wahr, dass Luigi um mich warb. Früher. Doch seit drei Monaten bin ich mit Giulio verlobt und Luigi musste sich damit abfinden. Außerdem hatte er doch Rosalinde.“ Ihr Busen hob und senkte sich unter dem hübschen, zartgelben Kleid.

„Wie es aussieht, fand er sich nicht damit ab. Und Rosalinde schien ihm nichts zu bedeuten.“

„Woher wissen Sie ...?“ Francescas fragender Blick bohrte sich in Glorias.

„Rosalinde hörte ihn Dinge über sich sagen, die keine Frau je aus dem Mund des Mannes hören sollte, den sie liebt. Es war zutiefst verletzend und brachte sie dazu, ihn zu erschießen.“

Francesca senkte den Blick auf ihre im Schoß liegenden Hände.

„Sowohl ich als auch Lord Lyndon und meine Tante waren dabei, als Rosalinde dies gestand. Ihr Vater hat schließlich seinen Anwalt und die Polizei gerufen. Wahrscheinlich wird Ihr Liebster also noch heute Abend freigelassen.“

Francescas Kopf ruckte in die Höhe und sie blickte Gloria mit tränenschimmernden Augen an. Eindringlich war dieser Blick, und die Worte, die Francesca nun sprach, waren es nicht minder. „Ich wusste es, Lady Wiiengfilt, ich wusste es von dem Augenblick an, da ich Sie sah. Ich kenne Ihren Kummer nicht, aber ich wusste, dass seine Tiefe es Ihnen gestatten würde, mir zu glauben und zu helfen. Ich konnte es fühlen. Und so kam es. Ich danke Ihnen vieltausendmal. Ich werde dafür beten, dass Ihr Kummer vergeht und Sie das Glück finden, das Sie verdienen."

Gloria schluckte gerührt, und als Francesca nun noch überschwänglich nach ihren Händen griff, rang sie mit den Tränen.

„Der Herr segne Sie, Lady Wiiengfilt, teure Freundin! Sie verstehen, wenn ich nun gehe?"

Gloria neigte den Kopf, lächelte. „Aber natürlich", sagte sie. „Gehen Sie, begrüßen Sie Ihren Liebsten an der Gefängnispforte!"

Francesca drückte ihr einen Kuss auf beide Hände, schenkte ihr einen letzten, innigen Blick, verabschiedete sich höflich von Tante Jo – und eilte fort.

Wortlos reichte Tante Jo Gloria ein Spitzentaschentüchlein. Sie nahm es und tupfte sich die Augen.

„Das war wahrlich ergreifend", raunte Tante Jo. „Ein temperamentvolles Mädchen. Kein Wunder, dass ihr euch zueinander hingezogen fühltet. Ihr seid euch ähnlich."

Gloria erwiderte nichts und Tante Jo setzte hinzu: „Wenn auch dein Sinn für Pathos nicht in diesem Maße ausgeprägt ist."

„Ach, Tantchen, was für ein Abenteuer, nicht wahr?", flüsterte Gloria mit erstickter Stimme.

„Ja", nickte Tante Jo. „Und es ist noch nicht vorüber. Wir müssen noch Herrn Bab-bala-ba-bap sowie Lord Eigentlich-gar-nicht-mehr-so-Unausstehlich überstehen."

„Oh, Tantchen!", erwiderte Gloria gespielt empört.

„Das findest du doch auch, oder?"

„Was?“

„Dass er bei genauerem Hinsehen gar nicht so unausstehlich ist.“

„Aber natürlich ist er das. Er ist eine Nervensäge, der man ungern länger als zwei Sätze lang zuhört.“

„Du weißt genau, dass ich von Lord Lyndon spreche.“

„Tatsächlich?“

„Als er sich in Aldrighettis Halle derart fürsorglich um dich kümmerte, hatte ich den Eindruck, dass in ihm doch ein redlicher Gentleman steckt.“

„Natürlich ist er ein Gentleman. Er ist ein Viscount. Doch hat das nichts damit zu tun, ob man ihn auch sympathisch findet.“

„Solltest du nun behaupten wollen, dass er dir noch immer so unsympathisch ist wie noch vor wenigen Tagen an der Poststation in Trient, dann werde ich in schallendes Gelächter ausbrechen.“

„Wie bitte?“, sagte Gloria indigniert.

„Auch ich habe ein Gespür, mein liebes Kind. Und dieses sagt mir, dass seine Tatkraft dich beeindruckt. Außerdem sehe ich, dass du längst nicht mehr so abweisend bist wie noch vor zwei Tagen.“

„Nun gut, das kann ich ja zugeben: Er ist durchaus ein anständiger Ehrenmann. Punkt.“

„Und gut aussehend dazu.“

„Meinetwegen auch gut aussehend.“

„Und siehe da, er hat Blumen dabei!“

Glorias Kopf ruckte zur Tür, Röte schoss ihr in die Wangen, weil sie Tante Jos Blick auf sich wusste.

Lord Lyndon betrat das Hotel, tatsächlich gut anzuschauen in seinem schwarzen Abendanzug, den Zylinder auf dem Kopf, zwei Blumensträuße im Arm.

Er erspähte sie und trat heran.

Mit einer formvollendeten Verbeugung nahm er Tante Jos Hand, hauchte einen Kuss darauf und überreichte ihr schließlich einen leuchtenden Strauß aus Ringelblumen und gelben und weißen Gardenien. „Mylady Blythe."

„Wie überaus reizend von Ihnen, Lord Lyndon!", zwitscherte Tante Jo froh.

Er sah Gloria in die Augen, ehe er sich auch über ihre Hand beugte und ihr anschließend einen Strauß weißer und violetter Gladiolen in die Arme legte. „Nach all den Aufregungen soll dies Sie für das Ungemach entschädigen. Wie geht es Ihrem Knöchel, Lady Wingfield?"

„Gut, danke, Lord Lyndon."

„Ich bin froh, das zu hören."

Gloria überspielte ihre Überraschung über die Botschaft des Straußes. Sie wusste, dass Lord Lyndon damit seine Bewunderung für ihre Stärke und Persönlichkeit ausdrückte. Sie sagte: „Sie haben Francesca verpasst. Sie ist soeben gegangen. Ich habe ihr erzählt, was vorfiel und dass ihr Verlobter nun freigelassen werden wird."

„Sie wird überglücklich sein", erwiderte er mit einem leichten Neigen des Kopfes.

„Das ist sie, ja", sagte Gloria.

Eine kleine Pause trat ein.

Tante Jo stand auf und winkte einem Pagen, der sogleich herbeieilte. „Bringe diese auf unsere Zimmer, bitte."

Der junge Mann nahm die Blumen in Empfang und ging beflissen davon.

Gloria schaute ihm hinterher, ebenso Tante Jo und der Viscount, die etwas unschlüssig nebeneinander standen. Sie drehten sich Gloria zu und Tante Jo sagte, indem sie mit dem geschlossenen Fächer auf sie deutete: „Ich sagte soeben zu meiner Nichte, dass dies eine recht aufregende Sache war, nicht wahr?“

„In der Tat“, antwortete Lord Lyndon. „Beklagenswert, dass Lady Wingfield dabei zu Schaden kam.“ Er verneigte sich leicht zu Gloria hin.

Während der Fahrt zum Arzt hatte Gloria den beiden natürlich erzählt, dass ihr plötzlich der Gedanke gekommen war, Rosalinde könnte gewusst haben, dass Luigi in Francesca verliebt war, und dass sie ihr deshalb gefolgt war. Sie hatte von ihrem Wortwechsel berichtet sowie von Albertos Auftauchen. Außerdem hatte sie erzählt, dass sie gestoßen worden und deshalb die Treppe hinuntergestürzt war. Sie wusste nicht, von wem der beiden Geschwister, aber die Vermutung, dass es Rosalinde gewesen war, lag nahe. Dem Arzt gegenüber hatte Gloria darauf verzichtet, sie dessen zu beschuldigen. Rosalinde sah einem schrecklichen Schicksal entgegen, sie hatte einen Menschen erschossen. Für Gloria war die Strafe für den Stoß in der Strafe für diese Tat inbegriffen.

„Das ist es“, kommentierte Tante Jo an Glorias statt. „Das bedeutet, vorerst keine Ausflüge zu Fuß.“ Sie öffnete ihren Fächer und fächelte sich Luft zu, lächelte und fügte an: „Dann werden wir uns eben in den Gondeln fahren lassen.“

„So reisen Sie also nach Venedig weiter, es ist entschieden?“, fragte Lord Lyndon.

„Ja“, antwortete Tante Jo. „Und ich schätze, Sie werden Florenz bereits verlassen haben, wenn wir dort eintreffen?“

„Vermutlich. Ich erhielt erst kürzlich die genauen Reisedaten meiner Freunde, mit denen ich anschließend in Rom verabredet bin.“

„Oh“, machte Tante Jo. „Jemanden, den man kennt?“

„Nachbarn aus Leicestershire, die Carsons", antwortete Lord Lyndon aufgeräumt.

„Bedauerlicherweise kennen wir kaum jemanden aus den East Midlands", antwortete Tante Jo. „Es sei denn, sie hätten ein Stadthaus in London. Aber Carson? Nicht, dass ich wüsste."

Auf Lord Lyndons Gesicht erschien doch tatsächlich ein Lächeln, als er anmerkte: „Nun, wir kannten uns zuvor auch nicht, Lady Blythe – und *ich* habe ein Stadthaus in London."

„In der Tat merkwürdig, dass wir uns noch nicht begegnet sind", räumte Tante Jo ein. „Aber man kann nicht bei allen Gesellschaften zugegen sein, nicht wahr? Und desgleichen kann man nicht sämtliche Bälle und Theateraufführungen besuchen. Aber es sollte mich nicht wundern, wenn wir Ihnen nach unserer Rückkehr öfter begegneten."

„Wenn Sie erlauben, spreche ich vor, wenn ich einmal in der Stadt bin."

„Tun Sie das, Lord Lyndon, tun Sie das", nickte Tante Jo. „Und nun sollten wir zum Dinner schreiten. Wo bleibt nur Herr Fromm?" Tante Jo spähte suchend umher, was Lord Lyndon zum Anlass nahm, sich Gloria zuzuwenden. „Ich darf Ihnen aufhelfen, Lady Wingfield?" Er reichte ihr seine behandschuhte Hand.

Gloria ergriff sie und erhob sich.

Mit einem Mal war ihr schrecklich warm, sie schlug ihren Fächer auf, fächelte sich Luft zu und hielt wie ihre Tante Ausschau nach dem Österreicher. Sie spürte eine seltsame Erleichterung, als er endlich auftauchte, die beiden Schweizer Damen im Schlepptau, die er galant umgarnte wie ein in die Jahre gekommener Casanova. Die Freundinnen belohnten ihn mit gutmütigem Lachen und heiteren Ausrufen, fassten einander kurz in einer Weise an der Hand, die Gloria deutlich machte, dass des Kaufmanns Bemühungen bei ihnen jedoch vergeblich waren – was sie kurz und heftig aus der Fassung brachte –, und kamen lächelnd heran.

Man begrüßte sich freundschaftlich und steuerte in Erwartung eines weiteren unterhaltsamen Abends zum Speisesaal.

Tatsächlich verlief das Dinner ähnlich heiter und gelöst wie jenes vom Vorabend. Kaufmann Fromm bestritt den größten Teil der Unterhaltung, was Gloria diesmal nicht unrecht war, denn sie fühlte sich rechtschaffen müde und zudem ein bisschen melancholisch.

Dennoch stimmte sie zu, als man beschloss, sich noch auf einen Schlummertrunk im Salon zusammenzusetzen.

Es war sicher gegen elf Uhr, als man sich schließlich erhob, sich lächelnd versicherte, wie angenehm es gewesen sei, einander kennenzulernen, und sich allseits eine gute Heim- beziehungsweise Weiterreise wünschte. Herr Fromm verstieg sich sogar dazu, seiner Hoffnung Ausdruck zu verleihen, Mailäidies würden auf ihrer Rückreise einen kurzen Halt in Wien einlegen. Tante Jo murmelte Unverbindliches und nickte ihm einen Gutenachtgruß zu.

Gloria, von Wein und Champagner leicht berauscht, folgte einem Impuls, als sie sagte: „Liebe Tante, verzeih, wenn ich nicht mit dir nach oben komme, doch ich muss noch einen Augenblick frische Luft schnappen. Ich werde Lord Lyndon hinausbegleiten."

Sowohl Tante Jo als auch der Viscount schauten überrascht drein, während Frau Kaiser – die Schweizerin hatte bereits einen Fuß auf der Treppe, beugte sich jedoch noch einmal zu Tante Jo hinunter und ergriff ihren Ellbogen – munter sagte: „Kommen Sie, Lady Blythe, schließen Sie sich uns an."

„Nun denn, gute Nacht, mein Liebes", sagte Tante Jo und sandte ein letztes Nicken zum Viscount. „Lord Lyndon."

Dieser erwiderte den Gruß mit einer Verbeugung, die allen galt, und reichte Gloria schließlich seinen Arm. Sie ergriff ihn und ging neben ihm zur Tür, die ein Page für sie öffnete. Die Nachtluft war warm und duftete südländisch, ein Gemisch aus Blumen- und Essensdüften, in die sich eine leichte Brise vom Fluss her mischte.

Sie blieben zögernd vor dem Eingang stehen, drehten beide automatisch den Kopf nach rechts, als von dort Geflüster und verhaltenes Kichern zu vernehmen war. Im Schein der Gaslaterne erkannte Gloria das junge Paar. Eng aneinandergeschmiegt kehrten die Flitterwöchner ins Hotel zurück. Gloria und Lord Lyndon traten zur Seite, um sie einzulassen, was die junge Frau mit einem freundlichen Lächeln, der junge Mann mit einem fröhlich gerufenen Dank quittierte.

Die Liebenden von Verona, dachte Gloria und fühlte sich noch ein bisschen melancholischer.

Lord Lyndon räusperte sich.

„Wenn Sie wünschen, gehen wir ein wenig auf und ab, bis meine Kalesche kommt. Natürlich nur, sofern Ihr Knöchel es zulässt."

„Ein paar Schritte, um dies zu erproben, wären eine gute Idee", sagte Gloria und ergriff erneut seinen Arm.

Vorsichtig und langsam gingen sie dahin, wobei Gloria merkte, dass der Alkohol sie leicht wanken ließ, weshalb sie erst recht froh um Lord Lyndons stützenden

Arm war. Mit einem Mal fand sie es irgendwie schade, dass sie ihn nun nicht mehr sehen würde.

„Geht es?", fragte Lord Lyndon.

„Es schmerzt, aber ja, es geht. Ich habe mich gefragt, wie Luigi glaubte, davonkommen und Francesca erobern zu können, wenn er ihren Verlobten umbringt. Man würde doch wissen, dass er es war."

„Vermutlich wollte er deshalb unbedingt zum Duellplatz. Damit es wie ein ordentliches Duell aussah. Womöglich hätte er im Nachhinein Freunde überredet zu behaupten, sie seien Sekundanten gewesen. Das hätte wohl Strafmilderung gegeben. Aber letztlich werden wir nie erfahren, was in ihm vorging."

Sie schwiegen.

Schließlich fragte Gloria: „Wissen Sie, was ich dachte?"

„Woher sollte ich, Lady Wingfield?"

„Ich dachte: Rosalinde, die bedauernswert Verlassene, in der Literatur wie im Leben."

„Wie meinen?"

„Romeo und Julia, erinnern Sie sich? Romeo ist für Rosalinde entflammt, doch er verschmäht sie, als er Julia kennenlernt."

„Oh, das war mir entfallen."

„Ja, alle Welt sieht nur das tragische Liebespaar." Vorsichtig setzte sie einen Fuß vor den anderen, wollte nicht mehr denken, sondern immer so weitergehen, eingehüllt in die Nacht, an den Häusern entlang, deren rote Mauern die Tageswärme abstrahlten.

„Die Rosalinde im Leben hat allerdings zur Gegenwehr gegriffen, um diese Schmach nicht auf sich sitzen zu lassen. Sie wird dafür ins Gefängnis müssen", bemerkte Lord Lyndon trocken, unempfänglich, wie es schien, für Glorias wehmütige Anwandlungen.

„Und Romeo und Julia sind tot“, flüsterte sie bekümmert.

„Es sind literarische Figuren.“

Irgendein Gefühl – Ärger über diese schulmeisterliche Äußerung? –, jedenfalls ein recht starkes Gefühl, wallte in ihr auf und sie blieb mit einem Ruck stehen. „Es gibt auch im Leben derart Tragisches!“, sagte sie bestimmt.

„Sicher“, räumte er ein, wobei er sie überrascht ansah.

So standen sie einen Augenblick und starrten einander an, ehe Lord Lyndon vorschlug zurückzugehen.

Ein seltsam peinliches Schweigen hing nun zwischen ihnen, da sie kehrtmachten und langsam zum Hotel schlenderten – Gloria eher humpelnd –, dessen erleuchtete Tür in zweihundert Schritt Entfernung einen Lichtpunkt in der Dunkelheit setzte.

Seltsam aufgewühlt, gleichsam irgendwie enthemmt, blieb Gloria erneut stehen und wandte sich ihrem Begleiter zu. „Sie haben gehört, was ich auf der Terrasse sagte, nicht wahr?“

Er räusperte sich. „Ihr Mann ...“, hob er an.

„Wir waren nicht verheiratet“, unterbrach Gloria ihn. „Wir konnten nicht heiraten.“

Lord Lyndon schwieg natürlich und Gloria fragte sich, ob er sehr schockiert war. Sie brachte es nicht fertig, ihn anzuschauen, bedeutete ihm weiterzugehen. „Obwohl ich Ihnen keine Erklärung schuldig bin“, sprach sie weiter, „möchte ich Ihnen doch sagen, dass mein Engagement für Francesca und Giulio einen sehr persönlichen Hintergrund hat.“

Überrascht von ihrer eigenen Offenheit hielt sie einen Moment inne, ehe die Worte wieder wie von selbst aus ihr herausflossen: „Mein Ehemann ist seit vier Jahren in Afrika verschollen. Vielleicht finden Sie es ungehörig, dass sich eine Lady trotz solch betrüblicher Umstände einem anderen Mann zuwendet. Nun, dies geschah, wie solche Dinge eben geschehen. Doch mein Geliebter wurde bei einem Duell erschossen, das fingiert war. Ich versuchte, dies zu beweisen – erfolglos. In jenem Monat, als unsere Königin ihr fünfzigjähriges Thronjubiläum beging und alle Welt feierte, lag mein armes Herz in Scherben und ich weinte mir die Augen aus dem Kopf." Gloria bemerkte, dass Lord Lyndon einen Augenblick stockte, als wäre er ob dieser Äußerung zutiefst persönlich betroffen. Sie atmete einmal durch, ehe sie fortfuhr: „Und dann stoppt eine in Tränen aufgelöste junge Frau hier in Italien unsere Postkutsche und ihr Wehklagen enthält das Wort ‚Duell'. Ich musste ihr helfen."

Lord Lyndon schwieg, schritt langsam und nachdenklich neben ihr her. „Ich danke Ihnen für Ihre Offenheit", sagte er schließlich.

„Ich danke Ihnen, dass Sie an meiner Seite waren", erwiderte Gloria und merkte, dass sie dies ernst meinte.

„Das war meine Pflicht als Gentleman", entgegnete er steif, während er wie Gloria zu der Kalesche sah, die soeben vor dem Hoteleingang vorfuhr. Er blieb stehen, sah sie an. „Doch war es mir auch eine Ehre", ergänzte er mit einer leichten Verbeugung.

Diese Äußerung, zusammen mit der Botschaft der Blumen, die er ihr geschenkt hatte, rief eine leise Freude in ihr wach.

Sie gingen weiter, näherten sich der Kalesche.

Gloria erkannte Finley.

Lord Lyndon geleitete sie vor die Eingangstür.

Er verabschiedete sich mit einem formvollendeten

Handkuss und behielt ihre Fingerspitzen einen Herzschlag länger als üblich in seinen behandschuhten Händen.

„Darf ich mir erlauben, nach meiner Rückkehr auch bei Ihnen vorzusprechen, Lady Wingfield?“

Gloria hob den Blick und sah ihn an. „Es würde mich freuen“, antwortete sie.

Fortsetzung folgt

Nachbemerkung zur Blumensprache im letzten Kapitel

Seit Beginn des 18. Jahrhunderts breitete sich hauptsächlich in England ein neuer Modetrend aus: Gefühle und Gedanken, auch heimliche, wurden durch die Blume übermittelt. Jede Blumenart und jede Farbe hatte eine eigene Bedeutung.

1879 erschien das Werk der Blumensprache aus der Feder von Miss Corruthers of Inverness, das sich als Grundsatz in England und Amerika entwickelte.

Wer sich dafür interessiert, kann unter dem Stichwort „Blumensprache" einiges im Internet finden.

Vor diesem historischen Hintergrund ist daher auf die Bedeutung der beiden Sträuße zu achten, die Lord Lyndon den Damen zum Abschluss schenkt. Der Strauß für Tante Jo drückt Klugheit, Weisheit, Eleganz und Abschied aus. Lord Lyndon zollt Lady Blythe damit Respekt für das Aushecken des Plans sowie ihre altersbedingte Weisheit.

Der Strauß für Gloria macht seine Bewunderung für ihre Stärke und Persönlichkeit deutlich; die weißen Blüten bedeuten Ehrlichkeit und Unschuld, zeigen Eleganz, die violetten stehen für Individualität und Würde. Er sagt Gloria auf diese Weise, dass er ihre Person sowie ihr Verhalten und Vorgehen achtet.

Uns Lesenden zeigt er damit, dass sich seine Meinung über Gloria, die er zu Anfang für widerborstig und eigenwillig hielt, inzwischen geändert hat und er ihre Stärke und Aufrichtigkeit wertschätzt.

Die Personen der Geschichte

Lady Gloria Victoria Wingfield (28), eine engagierte Dame aus Kent mit ermittlerischem Talent

Lady Josephine Margaret Blythe, genannt „Jo“ (68), Lady Glorias Großtante, eine vernünftige und einfühlsame Dame

Ignaz Fromm (ca. 52), ein beleibter Kaufmann aus Wien

Lord Alexander Lyndon, Viscount Loughborough (32), ein gut aussehender, wenn auch recht steifer Vertreter seines Standes

Finley (23), Lord Lyndons Kutscher

Francesca Bertani (22), eine zierliche Italienerin, die um ihren Verlobten bangt

Giulio Bongiovanni (23), Francescas verschwundener Verlobter

Luigi Tozzi (22), ein gut aussehender toter Italiener

Rosalinde Aldrighetti (20), weint um Luigi

Alberto Aldrighetti (19), Rosalindes Bruder, der gerne Dummheiten macht
Salvatore Guardini (21), erzählt etwas

Ein Postillion, Polizisten, eine Zofe, ein frisch vermähltes junges Paar, Signora Aldrighetti, Signora Tozzi, zwei Schweizer Freundinnen in mittleren Jahren, ein Limonadenverkäufer und Touristen

Danksagung

Mein herzlicher Dank geht an:

Kathrin Lange und *Sandra Thoms,* die den Figuren ins Leben und der Geschichte auf den Sprung halfen.

Michael Pfahler und *Herbert Theisen* für das ausführliche und geduldige Beantworten aller Fragen zu waffentechnischen Details, für die Gelegenheit, mich mit einer Perkussionswaffe schießen zu lassen, sowie das Gegenlesen der entsprechenden Textpassagen.

Monica Viviani von www.tourism.verona.it für ihre Recherchen zum Veroneser Gefängnis und zur Ponte Nuovo 1888.

Vincenza Meenenga für die Überprüfung der italienischen Wörter, Anreden und Ausrufe.

Rebecca Michéle für die ausführlichen Informationen dazu,wie man englische Lords und Ladies anspricht, sowie das Gegenlesen der entsprechenden Textpassagen.

Johannes Müller für gleichermaßen hingebungsvolle Hilfe bei den komplizierten Direktiven zur korrekten Anrede von Lords und Ladies.

Elke Muth, Violeta Fitzer, Gülcihan Polat und vor allem *Eva Löwe* und *Katja Breitenbücher* für die gemeinsame Grübelei, die zu einer kreativen Lösung für eine Ungereimtheit in Kapitel 10 führte.

Andreas Barth, meinen einfühlsamen Lektor, mit dem das Feilen ums richtige Wort das reinste Vergnügen ist.

Birgit Rentz, deren wachsamem Korrektur-Auge kein unnötiges Komma und kein überflüssiges Zischen entgeht.